ゲーリー・スナイダー
コレクション3

ノー・ネイチャー

No Nature

Gary Snyder
ゲーリー・スナイダー
金関寿夫・加藤幸子 訳

思潮社

ノー・ネイチャー

ゲーリー・スナイダー
金関寿夫・加藤幸子訳

思潮社

装幀＝奥定泰之

ゲーリー・スナイダー・コレクション 3

目次

『波について』より

＊翻訳担当者の名前を各篇題目の下にそれぞれイニシャル（H・K・＝金関、Y・K・＝加藤）で示した。

ノー・ネイチャー

序

人にとって最も身近なものってなんだろう？　自分の手足？　思想を作り出すこと？　知識、それとも回想？　台所や寝具？　それから自分の言語というものもある。自分が話す母国語を持って生を受けるということ、生まれつき何かをもっているということは、なんと素晴らしいことだろう。生まれてこの方、ぼくはある一つの言語を、好きなように使って生きて来た——どこで暮らしていても、長年その言葉によって、肩をほぐされ、おもしろがらされ、跨がって波乗りもしてきた。

これらの詩は、アメリカ西海岸の言語、すなわち英、仏、米の印欧語に、そして目下出現しつつある環太平洋文化に属するものだ。なかのいくらかは、ぼくが読んだ中国や日本の短い詩の影響を受けている。またいわゆる民族詩学（エスノポエティックス）に教えられて書いたものもある。しかし大抵の詩は、二十世紀中期の巨匠たちに、大きな恩恵を被っている。同時に、ネイティヴ・アメリカンの歌、物語、およびその生き方、それに執拗に生き続ける極西部の原生林、また太平洋岸に連なる雪の峰、そして何人かの偉大な師の教えにも、負うところが多い。

無性（むしょう）としての自然。どんな人間社会も、それぞれ愚劣な流行、集団幻想、そして人を力

H・K・

づけるような神話などを持っている。日常の生活も、なんとか今までどおりに、やって行けている。野生の自然でも、話は似たようなもの、すべておなじみの風景の中で、それこそ数限りない種類の生き物が、なんとかやりくりしている。多分同じくらい馬鹿げたものにちがいない。自然とは、同時に、物理的宇宙をも意味し、それは、都市的なもの、産業的なもの、有害なものも含んでいる。けれども、ぼくたちは、そうやすやすと、「自然」を知るわけではない。ぼくたち自身のことでも、本当に知ってるかどうか、怪しいものだ。実際にそれが何であろうとも、それをぼくたちの概念や前提にはめ込むことは出来ない。はめ込もうとすれば、ぼくたちの期待や理論的基準をきらって、そいつはサッと身を躱すだろう。この世には、「自然界」としての「自然（ネイチャー）」も、「物事の性質（ネイチャー）」としての「ネイチャー」も、何一つとして型にはまり固定されたものはないのだ。ぼくたちが自然にたいして払える一番大きな敬意は、自然を罠にかけて動けなくするようなことをしないで、それがぼくたちの手ではなかなか捕らえにくいこと、そしてぼくたち自身の性質（ネイチャー）もまた流動的であり、開かれていて、そして条件付きである事実を受け入れることにほかならない。

白隠禅師は言っている、「自性即ち無性にて……既に戯論（けろん）を離れたり」。全身、全霊をもって参入して行ける、これは開かれた空間だ。ぼくは言語でもって、ずっとそれをやってきた。

一九九二年三月六日

ゲーリー・スナイダー

『割り石』より

八月半ば　サワードゥー山の眺望

谷間はもやで煙っている
五日の雨のあと、炎暑が三日続いて
モミの実がやにで煌めく
岩場と草原を渡ってくる
生まれたての蝿の大群。

ぼくはもう思いだせない　昔何を読んでいたのか
わずかな友達は、すでに都会に住んでいる。
錫のカップで冷たい雪解け水を飲み
何マイルもつづく下界を眺める
静かな山の大気を透かして。

パイユート・クリーク

H・K・

花崗岩の尾根一つと
木が一本あれば十分、
いや、岩一つ、小さなクリーク、そして淵(ふち)に
樹皮が一枚浮かんでいて——それでいい。
山また山、たがいに重なり合い、ねじれ込んで、
剛(かた)い木が、細い岩の割れ目に、
いっぱい詰まっていて、
それらすべての景色の上を　巨大な月が照らして　というのはどうもやりすぎだ。
精神が、時空をよぎってさまよう。百万回もの
夏、夜の大気は静まりかえって、岩は
暖かい。空が、永遠につづく山脈(やまなみ)の上にかぶさっている。
人間であることに伴う、あらゆるくだらぬことは、
つぎつぎに脱け落ち、堅い岩が、揺れる、
この重たい現在でさえ、いまの心のたぎりには、

とてもかないそうもない。
さかしらな言葉や書物は、すべて
高い岩棚から流れ落ちる小さなクリークのように、
乾いた空気の中へと消えていく。

明晰で注意深い精神は、
見るものこそ真に見られるものだ、
ということ以外に、なんの意味ももっていない。
岩が好きなものなぞ、だれもいない、だのにぼくらは、いまここにいる。
夜が冷える。虫が、月光の中を
一閃して、
杜松の影に、すべり込む。
ぼくらのうしろでは、だれにも気づかれないで、
クーガか**コヨーテ**の
冷たい、そして誇らかな目が、
ぼくが立ち上がって、歩きだすのを、じっと見守る。

水

Y・K・

岩が滑った跡を
太陽に押されてぼくは降りた
くるくると　目もくらむばかり、
セイヨウネズの木陰では
たまった小石がじゃらじゃら鳴って、
今年生まれのガラガラ蛇の
ちっぽけな舌がぴしっと動き、
ぼくは笑いながら跳びこえた、
玉石の色の小さいとぐろを——
暑さにぼろぼろに砕かれて
厚板のような岩を　川へと駆けおりた。
弓なりの壁の下　深く倒れこみ
頭と肩をすっかり水に沈めた。
丸石の上でのびのびと体を伸ばした——

ごうごう響く耳
冷たさでずきずきする目を開いて
一匹のマスと向きあった。

薄氷

Y・K・

長くきびしい寒さのあとの
二月のある暖かな日
スマス山のふもとの古い林道を
ぼくは歩いていた
切りとったカワラハンノキの枝を杖にして、
雲間から見おろした
ヌークサックの湿原を——
それから道に横たわる凍った水たまりを
踏んだ。
氷はきしみ
下から白い空気が飛びだして、
長い裂けめが黒く走って、
滑りどめつき登山ブーツが
固いつるつるの面で滑った

——そう薄氷みたいな——突然
昔のある言いまわしを
感じた　真に迫って——
凍った葉、氷水、にぎった杖のそのせつなに。
「薄氷の上を踏むがごとく——」
ぼくはうしろの友に叫びかけたが、
氷は割れてぼくは沈んだ
八インチ

鳥たちの渡り

それはたった今　始まったばかり　ハチドリで
二ヤードはなれたポーチで停空飛翔し
　　　　行ってしまった

勉強は中止だ。
ぼくは土くれの中で
倒れかけているアカスギの幹を見た
入るたびにいつも押しわけねばならない
頭より高い黄花の灌木にからみつかれて――
日光が蔓を透かして織りあげた
影の網細工。ミヤマシトドが
ろうろうと木の間で歌っている
雄鶏が谷間で叫びつづける。
ジャック・ケルアックは　ぼくのうしろ
外のひなたで『金剛経（ダイヤモンドスートラ）』を読んでいる。

Y・K・
一九五六年　四月

昨日　ぼくは『鳥たちの渡り』を読んだ、
ムナグロとキョクアジサシについて。
今日　家のまわりは虚ろな感じでいっぱい
ユキヒメドリとコマツグミがみんな去ってしまったので、
巣をつくりたいと願う鳥たちが
ひもの切れ端かき集めている
そして夏のように暑い四月の
このもやもやした日
海鳥たちは丘を越え
〝春〟を追って　沿岸を北上する。
アラスカで巣ごもり
あと六週間のうち。

京都　三月

H・K・

軽やかな雪片が二つ、三つ
弱い陽光の中に落ちていく。
寒さにもめげずに鳥は鳴く、
壁のそばのムシクイ鳥。梅の
蕾はかたく　冷たい、だがもうすぐ開く。
月は初めの四分の一、　夜が落ちて
西空にかそけく。
木星は　夜の坐禅が
終わる頃には　もう半分まで
昇っている　鳩の鳴き声が
弓音のように　甲高く震える。
夜の引き明けには、比叡山の
頂きは　粉を振りかけたみたいに白い。
大気が澄んでいると

町を囲んで縦に切り込まれた
緑の山襞すべてが　くっきりとして、
息が喉を刺す。霜の降りた
家の屋根の下で　愛人たちは
布団の下で優しく絡まり合う体の　ぬくみから
身を離し、氷のような水で顔を洗うと
愛する子や　孫らを揺り起こし
朝飯を食べさす。

割り石

H・K・

これらの言葉を
君の精神の前に　割り石を敷くように
　　敷いてみたまえ
ぎっしりと　隙間なく
ここぞと思うところへ　手で
　　敷くのだ、
時空のなかに存在する　精神の
　　体の前に。
樹皮、木の葉、壁などの充実感、
　　いろんな事物の割り石。
丸石を敷き詰めた銀河の道、
　　迷子の惑星たち。
これらの詩　これらの人々
　　鞍を引きずる

道に迷った　子馬たち
　そして岩だらけの　足元確かな山道。
世界はまるで、終わりのない
　四次元の
碁のゲームだ。
　浅いローム質の土の中では　アリや小石　一つ一つの岩が言葉
クリークの水に洗われた石は　花崗岩、
　火と重量にさいなまれた歴史が染み付き
水晶と堆積物とが結合して熱を持つ
　すべては変わる、事物のなかでも、
思考のなかでも。

『神話と本文』より

「伐採」より

*

明けの明星は星ではない。
モミの若木二本、一本は死んだ
　　　　　　　　イオ、イオ、
フジの腰巻に巻かれ
つる草を帯にした
　　　　「五月の女王は
人類出現前から存在した
発情期の名残である」

年月は巡る
スバル星は　サンフランシスコでは
　　　　休めるぞ　と大喜び

夢　夢

土のなかから　ミドリのものが吹き出て来る
鳥たちは　言い争いをおっぱじめる
若い娘たちは　松の枝を手にして　気が狂ったように走り回る
イオ

「むしろあなたがたは、彼らの祭壇を倒し、偶像を砕き、彼らの森の木を伐り
倒さなければならない。」
――『出エジプト記』34・13

中国の原生森は伐り倒され
　山々は黄海のなかへと　滑り落ちていった。
土を固めて作った土台には
　角材や丸太を繋ぐ鉄の鎹（かすがい）。
サンフランシスコ２×４（ツー・バイ・フォー）　というのは
　シアトル近郊の森から来たもの。

誰かが殺すと、誰かが建てる、
　家や森は破壊され、また建てられ、育てられる。
全アメリカの運命が　フック一本にひっかかっている
　そしておのれを褒めたたえる人間どもの手によって　焼き打ちされる。

新しい切り株や灌木の束の上に積もった雪。
発電機が動きだし　唸り始める
　　　　その辺りじゅうに霜の降りている夜明け
ぼくは苦い夢から目覚める、
起き上がって　火をおこす、
寒さでこちこちに凍ったブーツをはいて　紐を結ぶ
炊事場の　ギザギザの光の下
陰気なスウェーデン人の側で　でっかいパンケーキを食べる
　　　　ぼくのシビン型の金属ヘルメットを引っつかむと
伐採労働者を運ぶトラックに乗って「仕事」に出掛ける
そしてキャットを始動させる。

「松は眠りより覚めた竜のごとく

その鉄の爪で雲を摑む」
今日だけで　二十五万ボード・フィート採れるはず
もし二台のキャットがつつがなく動いてくれて
怪我人も出なかったらの話だけれど

「ロッジポール松。その木立が火事によって全滅しても、この種の松が再生できるかどうかは、そのまだ閉じられた毬果が、内なる種子を傷つけずに、木立を焼き尽くす火に、どれほど耐えられるか、にかかっている。火事が収まると、毬果は口を開き、なかの種子を、火によって裸にされた土の上に吐き出す。そして若木が芽生えるのだ。」

チョーカーを高い位置にかまえて
　　真っすぐに立つ
するとキャットがアーチを　もとの位置に振り戻す
　　シロモミの葉がバラバラ落ちてくる
ヘルメットの上で　パチパチ枝が折れる音、
　　スイングする鉤型フック

鉄輪にあたって
　　　　甲高い金属性の音をたてる。
シー・ファンは主にニラネギとカボチャを食って生きていた。
それにアカザ、
　　　いろんな野草、
　　　　　　だから畠は　開店休業。

それにしても　切り株の間で
畑仕事をするのは　楽じゃない。
雌牛は痩せこけ　乳は妙な味がして来る、
子供は大きくなって大学へ行き
ここへはもう帰って来ない。
　　　小さなモミの木は帰って来る

　　　岩はみな青くて　空と同じ色
一マイル上がったところにある　この辺でただ一つの氷原が
　　　　　　山と言えば山

一万エイカーもある若いモミ林の上に
浮かんでいる。

松の枝の下で、
　　世阿弥元清
　シテが足を　打ち鳴らす
　千ボード・フィートの材木が
鋸で挽かれ、滑り落とされ、積み込まれる――
(高砂、伊勢)は　製材所の池に浮かぶ。
一千年が踊りながら
鋸の挽き目の中へ飛びこんでいく。

トマーリス湾のそばの崖
アザラシの滑らかな頭
　頭　肩　　乳房が
　夜の塩辛い水のなかで光る
海面をかすめ飛ぶ魚、そして陸の上では松林の裏で、熊が唸る、北極星に忍び寄りながら。

磨きあげた床を打つトンという足音
滑り出て　止まる、ビシッと響く太鼓の音。
「松の枝を渡る今日の風」は
　　　　　崩れ落ちながら

赤松の肌の上を滑っていく。
オレイリー山にかかった雲が
スクリー平のうえに　雨をばらまく。
仔熊が一頭びしょ濡れの灌木から滑り出て
　　　　　クリークを渡る

世阿弥、観阿弥
　　　　　も行ってしまった。

松林を抜けて。

　フェリックス・バラン
ヒューゴー・ガーロット

ガスタヴ・ジョンスン
ジョン・ルーニー
エイブラハム・ラビノウイッツ
蒸気船ヴェロナ号船上で
エヴァレットの屋根板職人たちを支援したため　射殺される
一九一六年十一月五日エヴァレットの虐殺

エド・マッカルー、キコリ歴三十五年
チェーンソー出現のあおりを食らって
今や荷揚げ場で　材木の節を削り取る役に格下げされている。
「おりゃあこんなろくでもねえ仕事なんか
あと二十年も　やりたかねえや
クソでも食らえって、奴らにゃ言ってやらあ」
(その年彼は六十五歳)
一九三四年と言えば、あの頃みんなは
サリヴァン渓谷のフーヴァーヴィルに住んでたっけ。
ポートランド行きの汽車が通ると
機関手たちがこっそり石炭を落としてくれた。

「何千人という若者が　撃ち殺され　ぶちのめされた
それも　人並みのベッド、人並みの賃金、
　　　　人並みの食事を寄越せと言ったばっかりに、しかも森のなかで――」
「不満を抱く兵士たち」
この言葉の意味が分かってる奴は　誰もいなかったんだな。

レイ・ウエルズ、大男のニスクオリー・インディアン、奴とぼくとは二人して、
　　　　二本の巨大な落葉松の基底部に　チョーカーをセットした
チョウセンアサガオの繁みと　湿地帯で。
　　　　キャットが戻ってくるのを待ちながら、奴が言う
「昨日はね、仔馬の去勢をやったんだぜ
俺の義理の親父が　まず金玉の皮を切ったんだな
奴さん、ワスコー・インディアンで英語がしゃべれねえんだ
いろんな管（クダ）をひっ摑んで
　　　　なんとか切るべきやつを切ったらしい、
金玉はえらい勢いで飛び出して来てよ、馬たちゃヒンヒン悲鳴をあげて大騒ぎさ、

だけどしっかりくくりつけてあったから　どうってこたあねえ」
そこへキャットが　やっとカタコト戻ってくる。
その騒ぎの影をかいくぐって
　　　　ディーゼルとアイアン・トラックターが進む
ぼくはその間　セイジの原っぱに立っているレイ・ウエルズのティーピーに思いを馳せる
去勢された仔馬たちは
もう傷もあらかた癒えて　白熱の暑気のなかで　草を食んでいる。

毎朝　夜明けは澄み渡って
冷たい空気が喉を咬む。
松の枝に厚く積もった霜が
ディーゼル・キャットに弾かれて
　　　木から飛び散り
水平線にへばり付いた太陽の光のなかで
　　漂い　そしてゆらめく。
凍った草のなかでは

鉄のキャタピラに砕かれた小石が
　煙をあげている。
凍った草のなかでは
　　野生の馬の群れが
松並木の向う側に
　　立っている。
D8強力キャットが　モミの木立を突き破って行く
少さな松を踏みつけてぺちゃんこにする
　　　　シマリスが逃げて行く、
黒アリが一匹　卵を運んで行く
ぶちのめされた地面から　当てもなく。
スズメバチの群れが
砕けた枯れ丸太の巣の上で
群がり　円を描いて飛ぶ。
　　　　まだ立っている木の樹皮からは
樹脂がジクジク流れ出ている。
グジャグジャに潰された灌木は　変な匂いを発散している。
ロッジポール松は　もろい木だ。

灰色カケスが　羽ばたきながら　辺りを見ている。

数本の切り株、乾いていく砕けた灌木の山。
さほど厚くない枯れ葉の堆積の下を　最近に流れた
浅くて　黒い熔岩層。
剝ぎ取られたチョウセンアサガオの葉っぱ
夜が来ると　雄牛座が　見える。

銀いろに変色した倒れ木の股の間に
緑の小枝が垂れている、
止めてあるキャットの上に、
　スキッダー・トラックターの上に、そして地響きをたてる灌木林。
何百匹もの蝶の群れが
松林の中を飛び回る。
「君たちは　ある不毛の地に立つ
　四角い　灰色の家に住むのだ、
　そしてそうした四角い灰色の家の側で

君たちは飢えるのだ」
——ドリンクスウオーターは　そう言った。彼は　地球の
　高い寂しい中心で　あるヴィジョンを見たのだ。
それは　クレイジー・ホースが
　　明けの明星を見に行ったところ
そして　そこでは　四本足の人々、地を這う人々、
立っている人々、空を飛ぶ人々、
彼らはすべて話す術を知っているのだ。
ぼくは彼らと一緒に　鯨の舌肉を
食べるべきであった。
　　彼らは言い続ける、わたしもかつて人間だったのだと、
「その声を聞くとカラスも波の上に止まる」という名もついていた。
波は　カサガイやフジツボを洗い
　石ころの浜をガラガラ鳴らす
鮭はクリークの上流、熊は岸に、
山々の頂きを越えて　野ガモの群れの
長い南への飛翔が　空を縫う
海に接したモミの木の土地

東に開ける乾いた松とセイジの平野。
寒山ならここで住むこともできたはず、
　　そして皇帝から派遣されたどんな阿呆も
　かれの理性の悲しい最後のひとかけらを
　盗むために　ここに来ることは出来なかっただろう。
森だらけの海辺で、牡蠣を食べながら
はるか中国と日本を望んで
「もし君がここいらの森でひと仕事しようってんなら
雨ざらしにしちゃいけないものなんて
持ってくるなよ――」

　　　　切り倒された
沢山の森が消滅し
アハブ王の森、キュベレの森
松、こぶだらけの小枝
　びっしり中身の詰まった松の実　そして種
キュベレの木はこれ、神聖な森

世阿弥の松、ハイダの檜
イスラエルの予言者によって切り倒され
　　アテネのゲイたちによって
　古の　そして今の　ローマの殺し屋によって、
切り倒されたのだ、巨大材木会社が開発した
郊外住宅地に　ゆとりを与えるために
横びき鋸　チェーンソー
　　スエ公　に　フィン公
　ハイ・レッド　そして　キャット・スキディング
木々は切り払われ
クリークは窒息させられ、マスは死に、道路は。

製材所はエホバの神殿。
ずんぐりした高さ百フィートもある黒い燃焼機から
ぼくらが燃やした生命の樹液と葉が　煙となって
エホバの
ひくつく鼻まで立ち昇って　いく。

ロッジポール松の
　　毬果／種が　炎を待っている
それから銀灰色のまばらな森が出来るのだ。
　　虚空の中へ
　　松の毬果が　落ちる
リスたちに追いまくられて
なんという狂気じみた追跡！
逃れるための　なんという激しい戦い！

彼女の体は　風に向かって蓋を開ける
種袋だ
「種のない種袋
われらは　ついに会うことがなかった」
　　だから君とぼくとは
世界の、宇宙の、次の大火災まで
待たなければ　ならない、
何百万もの世界が　燃えさかるのだ

——ああほって置け。

カルパの終わりにいる　女神シヴァ。
岩の脂、山なす肉は　一瞬のうちに消え去って。
人　を雇って森を切り開かせ、蛇を殺させ、
町を造らせ、畠を舗装させる男どもは
神を信じる、だがゴータマはおろか、
自分の感覚さえも信じられない。
まあ、ほって置こう。

松の木は眠る、杉はきれいに縦に割れる
花は舗道を突き破って出る。
(明の滅亡を我が目で見た絵師)
　バダ・シャンレンは
　　木のなかに住んでいた。
「国は破れても
絵筆は　山河を描き
続けるだろう」

「燃える」より

H・K・

「シャーマンの歌　その二」

湿地帯の陰のなかで　うずくまる。
　　蚊に刺されている。
　　　檜の葉の間から落ちてくる明るい光。
乾いてがらんどうの骨が　しゃがんでいる
　　　——冷たい雪への乾き
　　　——緑色の粘液は　溶解した骨髄
海水が　両方の目にたまっていて

骨盤受けのなかに垂れ下がった
神経と筋肉が震えている
植物の根に支えられた骨
神経の盲目のそよぎ

手は　今もひとりでに伸びて
花咲かせ　葉をしげらせ
　　　　　石英に化ける
条痕の入った石　　　　カルマの密集
湿地の長い体。
泥の縞模様がついた腿。

死にかけの鯉が
　　　湿った草のなかで　空気を咬む、
川が後にしさる。気にすることはない。

ぐったりとした魚が　藻の中で眠っている
ぼくが踊っている間に太陽が　ぼくを乾かしてくれる。

『奥の国』より

ベリー祭り

ジョイス・マトソンとホーマー・マトソンへ

I

毛皮は土色、足取り滑らか
よく飲みよく食う、老いぼれじじいの渡り者、
助平コヨーテに三拍子！　おのれを汚した
ふとっちょの仔犬、醜い博奕打ち、
でもたまには　うまいもの持ってくる。

それは八月　香しい山道に　チンと積まれた
熊の糞の中に見つかる、八月ももう遅いころ、
多分カラマツの木の傍で　熊はベリーを食べていたのだ。
　　雪の消えた、高原の草原で、夏の終わりに、
アメリカ黒熊　ベリーを食べ、結婚した
半人間の仔熊に乳をやりながら

乳房から血を流す女と。
　どこかでもちろん　集めたり　捨てたり、
　戯言に明け暮れている人間どももいる、

「私が矢を射るところには
「ヒマワリの日蔭があって
　――丸石の股ぐらでとぐろ巻く
　　ガラガラ蛇の歌
「カック、カック、カック！
　とコヨーテは歌った　人間と
　まぐわいながら――

松の板の上にチェーンソーが落ちる、
いずれ郊外住宅の寝室となる、無限の角材
どれも同じ木目や節（ふし）を見せて揺らぐだろう、
奇怪なかたちが現れ　また消えるだろう
毎朝通勤者が目覚めるたびに――

組み立てられた板が　枠に入れられぶら下がる、
　　二本足動物を捕らえておく箱。

　　影が木の周りを回る
ベリーの茂みの上を移ろいながら
　　葉から葉を日々横切って
影が木の周りを回る。

2

三匹が、窓を抜けて　跳び降りる
夜明けに跳びはねる猫たち、すべて
茶色の横縞、灰色の髭がきらめき
　　舌にはネズミのかけらがくっついている

川でコーヒーポットを洗っていると
　　赤ん坊が叫ぶ　朝ご飯ほしいよう、
彼女の乳房、乳首黒ずみ、青筋走って重たい、

だぶだぶのシャツから垂れ下がっている
　空いてるほうの手を使って
　　コップ三個に白い噴水を絞り込む。

夜明けの猫たち
　　デリ　デリ　ダウン

マスが隠れているあたり　小川の水は清らかに流れる
ぼくらは黒いかみタバコをかみ
午後の日永を　毎日松葉の上で眠ってすごす
　「フクロウにおなり
　「スズメにおなり
　「ぎっしりと緑鮮やかに育つお前を
　「人々は食べるだろう、汝　ベリーよ!

コヨーテ。車から撃たれ、耳が二個、
尻尾が一つで報償金が貰える。
　ダダダダという足音は
　　中国は商時代の雄牛の群れが
　　歩調を取って道を進んでゆく音

青銅の鈴を喉元に
青銅の玉を角につけ、
華やかに飾った雄牛の群れが
日光と埃の中を　モーモー吠え続ける
　　丸太を坂から転がしながら
　　　丘の下に積み上げる。
　　　　黄色い
鼻面の広いキャタピラーが、前方につんのめるように
前進する　葉は葉の上に、根は金色の火山灰の中に。

雪が
溶けて　木々から
　　土に戻るころ
枯れ枝
　　こぶこぶだらけの松の小枝
　　濡れた花の上に射す熱い日差し
ハックルベリーの緑の新芽が
雪を破って　突き出てくる。

3

お腹が膨らんで　ピンと張っている
ビールをがぶ呑みするとき　きみの乳房は盛り上がる、これでもまだ
〃ニルヴァナ〃欲しがる奴の気が知れない！
ここにあるのは　水、葡萄酒、ビール
一週間では読み切れないぐらいの本
後産の汚物、
熱い土の匂いと、木の股から昇る
霧のような暖かい蒸気

「一生殺し屋でいられやしないぜ
「みんながやってくる——
　　——そしてカササギの神が
蘇らせた、無力な毛皮の端切れとして溺れ漂い
浅瀬の魚の餌になりかけていた彼を、そのとき
「糞たれ！」とコヨーテは　一言叫んで
　　　　　　　　　　走り去った。

微妙な濃い藍色で、草原で採れるのは　他より甘く
谷で採れるのは　小粒で酸っぱく、うっすらと青い粉を被っている
ハックルベリー　松の森のあちこちに散らばっている
涸れた谷沿いに生い茂り、土っぽい崖をよじ登り、
鳥たちによって空中に撒き散らされ、
時には熊の糞の中にも見つかる。

「夜になって休んだ
「明るい部屋で暖かいパンケーキを食べた
「コーヒーを飲み、新聞を読んだ
「見知らぬ町で、さらに車を走らせた、
　歌いながら、そのとき酔っ払いが車を急に曲げてきた
「夢から覚めなさい、お利口な娘さんたち！
「両足をしっかり締めて、かたい腿の間から
　悪魔どもを絞り出すのだ
「若い赤目の男たちがやって来るよ
「弱々しく勃起して、鼻声で叫びながら

「君たちの硬直した体を虫干ししてやろうと思ったんだ！

岸辺で目覚めた。灰色の夜明け、
雨にびっしょり濡れて。裸の男がひとり
石の上で馬の肉を焼いていた。

4

激しく吠えるコヨーテ、ナイフの一閃！
黄色い岩の上の日の出。
人々は去り　死は災厄ではない、
磨かれた空に浮かぶ澄んだ太陽
　　　　　　　空虚で明るい
暗闇から慌てて走り出るトカゲたち
ぼくたちもトカゲになって　黄色い岩で日向ぼっこ。
　眺めるがいい、山の麓に立って
　細長い川の切れ端が　きらめき、尾を引いていくのを、
　平地へ、都市へ。

みはるかす谷間で　もやがまぶしく光り
ガラスに反射した陽光がきらめいては消える。
ヒマラヤスギの下の冷たい泉から
背中を丸めて蹲りつつ　白い歯むき出し、
　長い舌垂らして喘ぎながら、彼は見守る。

乾いた夏の　死の町、
ベリーは茂るいたずらに。

マリン庵

Y・K・

太陽がのぼる、
しめった牧場の下の
ユーカリの木立ちの上に、
湯がそろそろ沸きそうだ、
ぼくは開いた窓に座り
巻きたばこを巻いている。

遠くで犬たちが吠える、鳴いているのは
カラスのつがい、松の高みには
ヒメゴジュウカラの鼻声が——
風に吹きよせられた糸杉の落葉
そのうしろから　雌馬が近づいてくる
草食（は）みながら。

はるかな谷間からわきあがる
とぎれなく低い唸り
六車線のハイウェイから——何千何万もの
車が人々を仕事へ運んでいる

散歩

H・K・

日曜日だけが　ぼくたちの働かなくてすむ日だ
草原では　あちこちでラバがおならをしている
　　　　　　　　　　　マーフィーは魚釣り。

早朝の太陽の下で
テントがはためく。ぼく　もう朝飯は食べた、だから
　　　　　　　　　　　散歩に行くとしよう
多分ベンソン湖あたりまで。昼飯は包んだ、
バイバイ。川床の丸石のうえをピョンピョン跳びながら
岩山の喉元　三マイル
　　　　　　　　　　　パイユート・クリークまで――
氷河の跡らしいつるつるしたガラガラ蛇の国、険しい谷間で
　ジャンプ、
水たまりの側に着地。マスの群れが水中で飛び散る、
澄み切った空。シカの路。

滝の側の危ない場所、家ぐらいもある巨石、
弁当はベルトに結び付けてある、
岩の割れ目を伝って登ろうとして失敗、危うく墜落しそうになる、
でも、やっと岩棚の上に転がり落ちて無事
　　　　　　　　　　　そしてまた　ゆっくり歩きだす。
ウズラのヒナが　ぼくの足元で凍りそう、まるで石の色だ。
それから奴らは　チッチッと鳴きながら逃げだす、母ウズラは大騒ぎ!
長く白い斜面の　ところどころにあるクリークの黒い水たまり、これを避けて通って
やがてベンソン湖の西の端、岩だらけの崖に出る。
断崖に囲まれ　黒く凍った湖面を
　　　　　　　　　　　ずっと上の方から
見下ろす。深みでは　マスの一群がちらちら揺らめいている。
急な峠道に　一羽の野鴨
　　　　　　　　　　　険しいわき尾根
スライド・アスペンの木立を抜け　崖の斜面を伝って、東の端に出る
草原に降り立ち、広い穏やかな流れを　歩いて渡り
キャンプへ着く。やれ、やれ、やれ。
　　　　前の登山道建設隊が使ってた錆だらけの料理用ストーヴが

三年前から　ほったらかしにしてある
そこで止まって　一泳ぎして　　昼飯を食う。

枯れた小枝を燃やす

枝をずっしり幾重にも伸ばした
　　　　ホワイトバーク松
その下から折れ落ちた
枯れた小枝を
　　　　燃やす。

　　　　　　過ぎ去った百の夏
雪解け水　　岩　　そして　空気
ねじれた枝の中で　シューと音がする。
　シエラ・ネヴァダの花崗岩、
　　　リッター山――
黒い岩、これは二倍も古い。

白鳥座、　牽牛座
風に揺らぐ火

仕事が済んで

丸太小屋が一つと　何本かの木が
風に吹き散る霧のなかに　漂う

君のブラウスを引き上げて
ぼくの冷たい手を
　君の乳房で暖める
君は　笑って　身震いする。
　熱い鉄ストーヴの側で
ニンニクの皮を剝きながら。
斧、熊手、そして
薪も　小屋に入れる

暗くなる頃には
火の上で　シチューがグツグツ煮え

ぼくたちは　壁にもたれて
身をくっつけあうだろう
　　ワインを　飲みながら。

十五年前ドジャーポイントで見張りをしていた青年に

〔最初の妻といっしょの荷物を背にしたオリンピック山中の旅では、ドセワリプスの放水路を渡り、エルワ川とゴルディー川におりて徒渉し、ふたたび高地にのぼった。十五年ののちクイーツ盆地からエルワ川へ一人で歩いてくだると、そのときのことが思いだされる。〕

キャンプファイヤーの薄く青い煙は
君の見張り台から二マイル離れた
草におおわれ、花いっぱいの、
ヒースの草地をおりていった。
雪解けの池、アリソンは、
〝白鳥の乙女〟のように半ばこごんで水浴した
愛らしく裸になり、高山モミと
きらめく雪の峰にかこまれて。ぼくたちは
踏み道を見ぬまま、何マイルも歩いてきた、君は長いあいだ独りでいたのだね。
半時間ほど喋っていたっけ　そこ
泡だつ小川と
森の谷間の上、ぼくたちの
雪と花々の世界で。

彼女が今どこにいるのかぼくは知らない。
君の名前も聞かなかった。
でもこの燃えさかる、泥だらけの、嘘っぱちの、
血でぐっしょりの世界にいると
三匹のエルクの鼻面のように、
さわやかで穏やかだった
あの山中の静かな出会いが
ぼくを正気に保ってくれる。

九月の八瀬

年取った川端夫人
丈高の雑草を
　　　　ぼくが一日がかりで刈り取るより
もっとたくさん　たったの二時間で刈ってしまう。
しかも小母さんは　刈り取った雑草やアザミの山から
いかにも野の花らしい　荒削りな青い花つけた
埃っぽい茎五本を取りのけて
　　　　ぼくの台所に
飾ってくれる
　　　　壺に入れて。

銭湯

H・K・

番台の娘

服を着ていると　赤いスカートをはいた
　黒子(ほくろ)のかわいい番台の娘が
鏡の中で　ぼくのほうをじっと見ている。
　　　おれって
　　　　ちがうのかな?

男の赤ちゃん

仰向けに寝かされて　熱い湯をぶっかけられ
黙りこくって　目玉だけきょろつかせている
なんとも神秘的な顔つきで
オシッコする

小娘二人

父親が二人の小娘ひっつかまえて　ゴシゴシやっている
　身をくねらせ　目に石ケンはいったよお
　　と悲鳴をあげる
妙に大人びた重々しい手つきで
　じぶんの濡れた髪の毛をしぼる
上目づかいにぼくのほうをのぞいて
　指差す　その間父親は
二人のぷくっと固いプッシーに石ケンこすりつけて洗ってやる
耳のなかをのぞき込む
　熱いタイルの湯船のなかに　二人を漬ける
湯船には　相客三人、日焼けした農家の息子、しなびたじいさん、そして
　なんと風呂のなかで「聖夜」を歌う学生

——ぼくらはみな海草のように浮かび　ゆれ動いている
湯気に煙るあかりに　ぼくらの身体は　ピンクに染まる

おばあさん

気にするにはあまりにも肥りすぎ　年とりすぎている
　立ったまま
　　かの女の草むらに　露のように溜った水を
　　　物憂げに払っている

少女

うつろな目で　前方を見つめながら　首を拭いている
　ほのかな縮れ毛
小さくとんがった乳房
　　——来年はもっとこっそり
　　　服を着るだろうな

男たち

石ケンあぶくだらけのしなやかな身体が　しゃがんでいる

なめらかで、濃密な皮膚、長く伸びた筋肉――

ぼくには見える　海辺に転がる
兵士たちの裸の死体が
　ニュース映画
　　戦争の

南泉

H・K・

台風が行っちまったあとの
ある雨降りの朝　お前を見つけた
大徳寺の竹藪の中だった。
ちっちゃな濡れ雑巾みたいなくせして　とてつもない
でっかい声で鳴いた、お前は塀の下をかい潜って、ぼくの手に向かって
やって来た。ほっとけば　死ぬところだった。
ぼくはレインコートの中にお前を入れて　家に連れ帰った。
「南泉、チーズ！」と言うと　お前は大声で返事をして
こっちへ走ってきた。
けれどお前は　それ以上　どうしても大きくならなかった、
がに股で、よく言って　賢明な小人　といったところだった――
時に食べ物も食べず、やたらに咳をして
身内の痛みに耐えかねているのか　苦しげに鳴きつづけた。

今はもう、瘦せて　ずっと年を取り、ミルクとチーズの他は
なんにも食べない。日向で
棒の上に座っているのが　やっとだ。文句があっても
黙って　じっと耐えている。
とにかくお前は　初めっから　出来損ないだったのだ。ぼくはお前を救ってやった。
だけどお前の三年間は　ゆるやかだが　絶え間ない
苦しみに満ちていた。

ノース・ビーチ　夜明けの歌（アルバ）

H・K・

見知らぬアパートで目を覚ます、まだ半分しか
酔いが醒めていない。やがて　冷たい　灰色の
　サンフランシスコの夜明けの中に　なんとか抜け出す——
白いカモメが　白い家の上を飛んでいる、
　湾には霧がたちこめている。
タマルパイアス山は　今出たて　ほやほやの太陽に照らされ、緑鮮やか、
おんぼろの車を駆って　橋を渡り
　仕事に行く。

仏陀たちの母、天の女王、太陽の母、マリチ、夜明けの女神

H・K・76

ビック・ゴサナンダへ

泥んこのなかの　年とった雌豚が
毛を逆立てる　毛はその強力な首から下に
黒く固まっている

小さい蹄で　泥んこをかき回す
ずんぐりした体は
食べ物の汚物　彼女の暖かい糞

の深みを　ずるずる滑って行く、
深くかき混ぜる尖った鼻、
引きずるような乳房

彼女を飼う者も

彼女を食う者も
ともに見棄てられた民だ

小さな目を上げて
彼女は
ぼくを　見る。

ナナオは知っている

ナナオ・サカキへ

山々、都会、すべては
　　実に軽やかで、実にしまりがない、毛布、
バケツ——みな捨ててしまえ——
やるべく残された仕事。
　　そんなもの　いつまでもあるわけはない。

娘たち、　ひとりひとりが本物で
　　乳首は固くなり、ひとりひとりが湿った箇所を持っている、
　　彼女の匂い、彼女の髪——
——ぼくは一体何を言おうとしているんだ。
ほら、みんなが行くだろ
境界を越えて消滅して行く。

リヴェット工は

湿ったコンクリート用の
鋼鉄棒を束にして縛りあげる。
森、都会、家庭の中や外へ、出入り勝手
まるで　魚だよ。

西洋へ

H・K・

I

ヨーロッパ

　君の赤毛の
　ハシバミの目をした
　トラキアの娘たちよ
君たちの美しい腿は
永遠の呪い　そして
厳粛な　無頓着——

やっぱり女の国だ、
ちっちゃな　ふとっちょの法王様は　いらっしゃるけれど。
穹稜のある寺院
掘り込まれた運河

——ぼくだって
この緑色の目でもって見るよね——
カウボーイとインディアンとがヨーロッパじゅうを駆け回る
雪野原を橇に乗って　走り回る。
で、おつぎは？　おつぎはこの遊星の
お百姓さんコーナーだ——
　　　　君が白人だからって誰も気にしないよ。

2

この宇宙——「一回転」——裏返し。
　　革命の神がみ。
尖んがった顎髭——毛皮の耳覆いのついた帽子——
　　　　カルムィクの騎士たち、
抱き合ったりキスし合ったり
白人と黒人、

男と男、
女と女、

小麦、ライ麦、大麦、
　ロバにラバを　腰の逞しい馬にもラバを
　　おまけしてやる
革命をやり遂げるには
　トラックターと
多発的ピストンが必要だ。
まだ回っている。　弾み車は重く
　ぎこちなく肘を曲げて
　バタバタと
進んで行く、白人の　女の子たち。

浅黒い皮膚
　　柔らかい耳たぶを焼く。
霧のように霞む漂白した皮膚、
青白い乳首、

絶対そばかすが出ない　色白の胸
　　彼らは　回転する
ゆっくりと回って　遠ざかって行く――

3

　　ああ、それこそアメリカだ。
花のようにきらめく油の花弁が
　水の上に広がる――
始めは　実にちいさかった、ケシ粒位、それが今　ずんずん広がっていく
色とりどりに、

　　　　ぼくたちの世界は
　外側をぼくたちに見せて　内側へ開いて行く、
一つ一つの部分が膨れ上がり　回転しながら
そんな回転のことなぞ　一体誰が考えたことだろう、
それが被さると　色はすべて消えて行く。
そしてその奇想天外なパターンも
　　　消え去る。

澄んだ水を透かして　再びぼくは下を見る。

*

いつも同じ
毬つきのリズムだ
この何年もの間
ずうっと少女が
歌っていたのは。

二十五日間海に出ていた後
もう十二時間でニューヨークに着くという時

H・K・

太陽はいつも　ぼくたちの後ろに沈んだ、
ぼくはなにもこんな遠い所までくるつもりはなかった。
――ラジオで野球の実況や
　身の毛もよだつような安っぽい　CMを聴く――
この前この沿海から船で出たのは　たしか一九四八年だった
厨房で皿洗ったり
　フランス語でジッドを読んだりしたもんだ。
ぼく、リュックの中に　鉈三丁入れてる
日本の中部地方で出来た手斧なんだ。
そもそも中国にあった四角い刃で
　ずうっと昔　石器時代にまで　遡るんだって――
一九一〇年の芸者のことを書いた
永井荷風の小説を読む

庭園についての長談議があって　季節に応じて
それが変化する様を　書いている。
今ごろ京都の庭には　ツツジが咲き誇ってるはずだが。
現在ぼくたちは　ハッテラス岬の北にいる、
明日朝八時には　ドックに入る。
　　操舵室のぐるりのデッキを掃除
それが済んだら荷物を詰めて　給料をもらう。

煙出しの穴をぬけて

ダン・アレンへ

H・K・

I

この世界の上に　もう一つ別の世界がある。もしかして　それはこの世界の外側かな。そこへ行こうとすれば　この世界の上にある煙とそれが通りぬける穴を通らなくちゃならない。煙出しの穴をぬけるには　梯子の助けをかりる、梯子が上の世界を支えている、なんて言う人もあるんだ。そいつは　ただの木か、あるいは棒みたいなものだったかもしれない。俺はただの抜け道だろうと思うな。

梯子の足元には焚き火がある。焚き火は真ん中に位置している。周囲の壁はみな円い。この世界の下か　あるいは内側に　また別の世界がある。煙出しの穴をぬけて下へ行く道がある。繋がり（シリーズ）で考える必要は　別にない。

オオガラスやカササギは　梯子なんていらない。奴らはけたたましい声で鳴きながら、煙出しの穴から物をかっぱらって飛び出して行く。コヨーテがときどき落ち込んで来る。

俺たちコヨーテのことなんか　かっこう悪い親戚ぐらいにしか　思っちゃいないんだ。
友達と一緒にいるときなんか　絶対来てほしくない　ボロ服着た親父ってところか。

他人のことはあまり気にしないで　俺たちの世界の畑を耕すことは出来るよね。下の世界から人々が現れる時　俺たちは　彼らを俺たちの魔法の夢に出て来る仮面をつけたダンサーとして受け入れる。またその連中が下のほうへ消えて行くときはどこか他所へ行く普通の人たちというふうに見るんだ。今度は男たちが上の方へ消えて行くとき　俺たちは彼らのことを光り輝きながら煙出しの穴をぬけて行く偉大な英雄として見る。連中が上から帰って来ると　やつらはドシンと落っこち　転ぶことがある、こんなときには実際俺たち奴らのこと　本当はよく知らないってふりをする。例えば、前にも言ったように、あのコヨーテ。

11

キーヴァから
仮面をつけたダンサー　や
普通の人たちが出てくる。
　普通の人たちは　土の下へ　入っていく。

外　キーヴァの外では　わんさか雑用が待っている
　薪　と水、土、
風、平原の向うの景色
ここはすべてが円くて
　　　　角（かど）というものがない

頭のなかは　魔法の形で　いっぱい——
女よ、君の秘密は　おれの秘密ではない
おれが言えないことは　言わない、
円く歩いてみる
手をペッタリ地につける。
君も円く作られている。
瓢箪つるの花。
壁も家も　同じやわらかい土から
作られていて。

三千万年という年月が過ぎてしまう
　流砂。
涼しい部屋　ピンク色の石

砦の擦り減った床、ブラインド越しに窓から外を見る
　暑熱が　ジャムナ川の干上がった排水路
に照りつけている、トラックが　川床に乗り入れる
砂地を這う　曲がりくねったピニオン松。

　　海底
　　川の土手
　　砂丘
海の底　もう一度。
　　人間肥料
　　地下水路
　　痩せた土の神像
　　祖母の苺
　　　すべては煙出しの穴を
ぬけて消えて行く。
（子供時代と青春、そのどちらもが〝虚栄〟だから）

二畳紀の海藻砂礁

出て行くんだ、煙出しの穴をぬけて
呑みこまれた　砂
　　塩分の多い泥
進化の歴史をかい潜って泳ぎ着いた死体、　　　　石灰色の
外皮に向かって　羽ばたく——

トカゲの舌、　　　トカゲの舌

　　ワッ、ワッ、ワッ　飛び込んだり
飛び出したり　煙出しの穴をぬけて

　　普通の人たち
地下よりついに出てくる。

『波について』より

波

ハマグリ貝に溝をつける、
　　大理石の地肌に走る筋
　ポンダローサ松の樹皮の鱗を駆け降り
　　　木目を切り裂く
　　　　砂丘、熔岩の
　　　　　流れ

ウェーヴ　　ワイフ。
　　　ウーマン——ワイフマン——
〃ヴェールド、ヴァイヴレーティング、ヴェイグ〃
鼓動する鋸の刃のような連山、
　　　手の甲に盛り上がる静脈。

二叉に分かれて、鳥の足跡をしるした　泥土層　の

流水路

なだらかに起伏する大砂丘
一インチ毎に砂紋を描き、一粒一粒が波打っている。
それが吹き飛ばされてなくなるまで　砂の庇に凭れる
——風よ、チョーヤ・サボテンやオコティヨの固い刺を
揺すっておくれ
ときどきぼくは　草むらから　出られなくなる——

ああ体を震わせ　伸ばし　光を放つ妻よ
疾走する縞馬よ
ぼくを捕らえ　思い切り遠くまで　放り投げてくれ
ぼくの心にかかわることどもの
踊る粒子に向かって！

もつれの歌

H・K・

二つの太ももの丘が　二叉道でぼくらを捕らえる
　　真ん中に円い丘
　　神社の埃っぽい床板の上で
あぐらをかいて　ぼくらは座る
神さまに置いてあった　極上の　酒を
　　飲みながら。

静かな　木々の回廊
太陽は頂きを通り過ぎる
暑熱は　つる草のなかに沈んで行く、
　　絡まり合う　笹
セミが歌っている、
　　もつれた木々の間を　飛び回りながら

もつれる　太もも
繁み
それを通してぼくらは　突きすすむ

味覚の歌

草の中にある生きた胚種を　食べる
大きな鳥の卵子を　食べる
　揺れる木々の精虫のぐるりに
　詰め込まれた　多肉質の甘味

優しい声で鳴く　雌牛の
　腸腹や太いももの筋肉
羊の跳躍の中に潜む活力
雄牛の尾が空を切る音

地中で肥え太った
　植物の根を食べる

みなが　生きているものの命に頼っている、
　葡萄の種のなかに隠された
　　宇宙から紡ぎ出される
光のかたまり。

おたがいの種を食べあい
　　ああ、食べあう
　おたがい同士を。

パンを食べている恋人の口にキスをする
　　唇に唇を。

燃える島

H・K・

ああ　波の神　　あなたは今日　ぼくの身内を貫いた
鯛
ピンクと銀色に光る巨体
ぼくと一緒に　平然と水に潜る　用心深く
　　　　ヤスからは　遠ざかって

ぼくたち自身の体に　ビーズ飾りを施すために
この島を持ち上げた「火山の腹の守護神」は
ぼくらみんなの上に　笑いの灰を撒き散らす――
　　目のなかに　灰
霧、それとも煙、
ひき剝がされて裸の　高い山々――
　水中の熔岩は流れる　餌を貪る縞模様の魚たちでいっぱいの
　　サンゴの空洞のほうへゆっくりと

ああ　空の神がみよ　あなたたちは　太平洋から
横トンボ返りに飛び出て来て
ぼくらの上に　まるで蓋でもするみたいに　驟雨を注ぎかけ
それからぼくらの　濡れそぼつ——を照らす
（今日は牛の水飲み場から見た
　　　　虹の長さを
　　　　　　測った
腕毛の上に潜む
広大な　水晶の　仏の園を　水で洗い落としながら！）

今竹やぶの中でためらうものはだれ？
半分に欠けてしまった月。
　　アンタレス星を讃えて
　　　どんぶり一杯の焼酎を飲み干す
空の川で　　いちばん豊かなサジタリウスの道を
　　仰ぎ見ながら——

銀河系のど真ん中に捧げる盃！
　そして天の川の最高部から直角に
目をさまよわす。
　馬頭をした　環状星雲
　雲はあまりにも遠すぎて
　波の上を　自由に
　　滑ることができない。

ああ　大地の母よ
毎夜ぼくは
　あなたの恥丘の入り口に
　手を被せたまま
　　　眠った、
　耳は
夜っぴてあなたの口に　くっつけたまま。
ああ　すべてのものよ
神がみよ　潮流　岬　海流

流れ　渦巻きよ　そして
　自然の中の　さまざまな活力よ

畑で鋤鍬使うなら
　甘藷をつくるが一番いいのだ。
また折々には皆で座って
　仏の道に　思いを馳せるなら
作り出すがいい
　一輪の花と　微笑みとを
ぼくらみんな　ともに静かに眠ろうじゃないか。

この夏　新月の出る日に
　この火口のふちで　結婚のちぎりを結ぶ
マサとぼくとに　幸いよあれ。

（四〇〇六七年八月）

根野菜

それ　抜け、　それ　掘れ
柔らかい　火山灰の土
鍬の柄は短く、
太陽の道は長い
指はふかく潜って
根っこを探る、引っこ抜く、ずるっと抜ける
根っこは　強いな。

虹の本体

H・K・

セミの声が竹やぶを満たす、
甲高い影の壁
竹の黒い節と葉。
シナ海から　吹き寄せる
北西の風。

塩を含んだ雲が火山をかすめ
火山灰と蒸気に混じって
夜の微光を放つ
山頂から
転げ落ちる　アルゴル星の近く
天の川を呼吸しながら。

山の喉元から聞こえる
どでかい唸り声
海の波がドラムを叩き
風は溜め息をつく。

夜明けが来ると　渓谷は
　みな　身を伸ばし
アカヒゲ鳥の　尻下がりの呼び声に　起き上がる
　　東からの光を受けて
　　　ぼくらは　もう半ば目覚めている
心　爽やかに

引き潮時に　サンゴ礁の道から沖へ泳ぎ出る
海の人々　すなわち　魚ー人間の国めがけて。
泡立つ白波の下の　虹のような光は
　　　波にもまれ

南の岸から流れ来る。
沢山の魚の唇、そこで君は　清澄に
浮かび、微妙な
海流に揺られ
海の巻き毛となる

沖に向かって流れる熔岩の早瀬
——コバルト色の斑点がある
シャコ貝のひん曲がった口。

慎重に　手を使わないで
断崖を昇って　もとの所へ帰って行く。
この土で出来た
メロンと蒸し藷を食べる。
耕し　魚も捕った——
竹の匍匐茎を掘り起こした
先の丸くなった鋸やヤスの刃を
叩き直してやった

やれやれ
ようやっと　今　崖のうえで眠ったり
岸波に身を揉まれたり
竹やぶで昼寝したり　出来るんだ
　目をつぶり
耳はセミの声で　もみくちゃにされて。

家を出ないで

H・K・

カイが生まれた時
外出を止めた

もっぱら台所で　ブラブラした――トウモロコシ・パンを作ったりして
誰も中に入れなかった。
郵便物も無味乾燥だった。
　マサは横を向いて寝ている、カイが溜め息をつく、
　ノンが洗濯し　掃除もしてくれる
ぼくらは座って　マサが乳をやるのを
　ただじっと見ている、そして　緑茶を飲む。

ナバホのトルコ石のビーズを　ベッドに掛けて
頭のところには孔雀の尾の羽根
シーツの下には　長野から来た

狸の毛皮、こいつはマットレスの代わりだ。
毛布の下にはヨーグルトの道具一式、
これはカイの足元へ。

マサ、カイ、
友達のノン
庭から射し込む緑の光の中、
家を出ないで
明け方から夜遅くまで
　この「いのち」を囲んで
　ぼくら自身の新しい世界を作る。

波について

仏法の声
　　声
今だ

万物を通して
　揺らめく鐘の音。

どの丘も、　静か。
どの木も生きている。どの葉も。
あらゆるスロープは　流れる。
　古い大木、若木、
　背の高い草　羽毛。

H・K・

暗い洞穴、　光の先端。
　風がざわめく　涼しい側
一枚一枚葉は　生きている。
　　すべての丘も。

　その声
　　は
　　妻

彼にとっては　今も。

オンム　アー　フーム

古い丹波の寺の梅の木を歌う

H・K・

軒下に積み上げた薪
　先端が均等に切ってある

梅の木の
　樹皮には
　　鱗のような銀色の苔
ぎざぎざで、ざらざらで、ひんまがって、
　ところどころ　腐れかけて

花は二三輪咲いている、
　濃厚な、ピンクの　小さな花弁
　　柔らかく　震えている。
他に太った蕾も　ある。

太った蕾、緑の小枝、
　剝がれやすい灰色の樹皮
　　　　　ハトは　みんなして
一斉に　飛び立つ

愛

子供十人産んで　腹んなか　十回
ひっくり返された女たち

風吹き寄せる淋しい孤島で
盆踊りの輪の　先頭を勤める
八月、満月の夜、一晩中

一番若い娘は　しんがりだ。

トビウオの鱗落としをしたり　腸(はらわた)を取ったりして
昨夜から一睡もしていない女たちが

愛について歌う

H・K・

何度も何度も
愛について歌う。

（諏訪之瀬島）

山々に会う

H・K・

彼は泡立つクリークの端っこまで這って行く
厚い岩棚の上をあとずさりする
指を水に入れる
せき止められた淀みの方に　向き直る
両手を水に浸ける
片足を淀みに突っ込む
小石をバラバラ　淀みに落とす
両手で水面を叩く
叫んで、身を起こし、立ち上がる
奔流と山に向かって
両手を挙げ　そして　三回叫ぶ！

（六九年六月、ソーウミル湖のカイ）

射撃訓練

「ウイル・ピーターセンに。雪の比叡山にクロスカントリー・スキーで
一緒に登った時の思い出」

山道が途切れて
　もう先に行けない。
　イノシシ路が　竹やぶを通って
　山腹を縦横に
　　切り裂いている。
ぼくらは　今どこ？　山は
登りだ。

　もやった山並みを見ると
　心が痛む——
下生えのなかに混じる小さな花々、

H・K・

春にはよく
　　風はシベリヤから吹く。

「カイが泣くのに　なぜぼくは笑うのか」
誰の科でもない、
　日常的なひもじさ、　赤ん坊の怒り――
　　　　　　　　　　　　仏陀の獅子吼と
　　　　　　　　　　　贊歌。

腹や神経、
　浮遊し　集結する精神　が
　　　　　　　　　　　痛みを感じ　泣き叫ぶのだ
　　　　　　　　　　おや、この子太って来たぞ
これにもぼくも　笑わずばなるまい。

「鉄器時代について言える
いくつかの　よきこと」

舗道に落ちて
　　金属音をたてるタイヤの鉄
チェーンソーのグワーンという音が
大枝を掠める

　　　　　　　　　　錆の
　　　　　　　　　　味。

「文明」

あの人たちは複雑なことばかりやってる連中さ。
　　俺たち何千人をひとからげに摑み取って

仕事をやらせる。
おかげで村や道がわんさか出来て
　世界は地獄に向けて　まっしぐら。
野鴨の群れも
　昔の元気今いずこ。
オーロックなんて見たこともない。

さあ　私の羽毛と琥珀を　持って来ておくれ

「春　京都で生まれた歌」の
タイプ原稿の上でちっちゃなコオロギが
バッハの『平均率クラヴィエ』に合わせて
身づくろいしている。
ぼくはタイプを止めて、虫メガネで彼を観察する。
実に見事に出来ている！　もう完璧、ほんとにスパッと　出来てるよ！
「動物王国」の本当の意味、誰も分かっちゃいないんだ。

クリークの水位が高ければ
詩は　流れる
クリークの水位が低ければ
ぼくらは石を積む。

『亀の島』より

アナサジ

アナサジ、
アナサジ、

住みついたよ　切りたつ崖の裂けめに
育てたよ　いつもきまって
とうもろこしと豆畑
ふかぶかと　大地を掘ったよ
お尻まで　神がみの中に埋まるほど
　頭はワシの柔毛に変わった
　膝と肘は
　きらめく電光に
両眼は花粉でいっぱいに

　コウモリの匂い。

Y・K・

舌にざらつく砂岩の味。

　女たちは
闇にかけられた梯子の根で
　子を産んでいる。

秘密の谷間にかそけき流れ
冷たく起伏する砂漠のふもと

とうもろこしの揺りかごに
大きな目を見開いて
　あかがね色の赤ちゃん
　くちびるみたいな岩屋の家、

アナサジ

路傍の死者

いったい　何が起こったのか?
こんなにりっぱな赤尾ノスリが
——かちかちに乾からびて——
道のはしに転がっている
州間道路五号線上

その翼を舞扇に

ザックは頭のつぶれたスカンクを剝いだ
生皮をガソリンで洗い、なめしてやった、
そいつは今テントの中に吊り下がっている

ハロウィン用のシチューには
ハイウェイ四九号でトラックにはねられた仔鹿

とうもろこし粉を口に供えて、
　ゆるゆると皮を剝ぐ。

丸太積みのトラックは石油食いつつ走り続ける
リングテイルを見たのは初めて
　ぼくはそれを道路で見つけた。
　　つめや足裏、鼻や頬ひげつけたまま、
　　　くるりと返して剝いでやった
　　　　それで今　塩水と希硫酸に浸っているという寸法さ

やがて魔法の小道具入れになるように。

この雌鹿は撃たれている
　わき腹から肩にかけ　縦方向に──
　　肉を射抜いて飛び出しているのが証拠
　　　腹は血みどろ

でも別の肩は使えるだろう、
　それほど長く倒れていないとすれば――だが
これらの者の魂に祈ろう。ぼくらに恵みを垂れたまえ。
　古来の姉妹たちの踏み道を
　　ぼくらの道路が横断し　彼女らを殺す。
　　　闇に輝く眼で
路傍の死者。

マンザニタ

Y・K・

夜明けまえ　コヨーテは
　まじない歌を織る
夢の網——精霊の籠——
銀河の音楽を
　それらで少女たちを
　女へつくり変える。
さもなくば縞もようをつけた少年たちの
回転ダンスで——

月の入りに　松は金紫に染まる
日の出まえのひとときに。

犬はやぶに急ぎ駆けこみ
あえぎつつ戻る

巨大な生きもの、小さな乾いた花々の上。

一羽のキツツキ
ドラミングする　こだまが
静かな草原を渡る

一人の男　引きしぼり、放つ　矢は
ぶーんと平らに飛んで、
灰色の切り株はずれ、裂く
マンザニタのなめらかで赤くねじれた大枝を。

マンザニタ　実をつけている枝の先、
硬い緑のベリーの房
見れば見るほど
大きく見えて、

〃小さなりんご〃

ほんとの仕事

〔今日ザックとダンとともに小舟でアルカトラズ島の横を通り、エンジェル湾を漕ぎめぐった〕

Y・K・

かなたに　アシカ　鳥の群れ、
霧にまかれた太陽が
はためいたり　ぐったりしたり、
瞳のただ中をつらぬいてくる。
おぼろな太陽よ、
軽々と水面高く
　細長いタンカーが泊まっている。

進む行く手に　鋭く波立ちさわぎ——
満ちくる潮の境い目に——
集いくる海のカモメたち
漁りつつ。
白く斑らの崖っぷちに
ぼくらの小舟を滑らせよう。

これこそが　ほんとの仕事さ。
波打ち流れ　深く息づき、
滑りゆく　こと

松の梢

Y・K・

青白い夜
凍りついたもや　天空に
月　こうこう
松の梢
青ざめた雪にたわみ
空へ　霜へ　星明りへ
溶けこんで
ブーツのきしみ
兎の足跡　鹿の足跡
ああ　ぼくら　何も知らない

二人の神様

オレゴンはロウグ川のほとり、俺はベンチに座っていた。地形図開いて調べていると、近づいてきた二人の老〝紳士〟。野球帽の一人が歌うには「おいらは来たぜ　カリフォルニアへ」――俺のナンバープレートを見たにちがいない――〝テキサスの瘦せん坊〟を知ってるかい？　知ってるとも。「天使の翼があったらば」が持ち歌さ。おいらが作った。「ムショに入っていたときに」「握手してくれ。あれはいい歌だ」と俺は言い、爺さんは俺に手を見せた。甲と曲がった指にかけ、かすかに残る刺青の痕。こっちの手でくらわせりゃL-O-V-E、こっちの手でくらわせりゃH-A-T-E、な、そういうわけさ。

格子縞は赤と黒、綾織ジャケット着こんだ連れも、俺の鼻先に手を突き出した。人差指が欠けている。「どうしてなくしたか、わかるかい？」「わからんね」「斧だよ！」

Y・K・

「こいつを乗せて旅の途中さ。去年、こいつの女房が死んじまってね」と〝テキサスの痩せん坊〟。二人の神はくっくっと笑い、ゆっくり歩み去っていく。カイとゲン、ロウグの岸より駆けもどる。両手に丸い川の石、山ほど抱え。

よくよく地図を眺めれば、ここはワシントン高原の東側、コロンビア川上流の弧に囲まれた宇宙である。〝チャンネルド・スキャブランズ〟つまり溝だらけの溶岩地帯。

ベッドロック

マサに

雪解けの池　暖かな花崗岩
ぼくたちの野営の場所、
もうほかは探さない。
しばしまどろみ
風に心を　まかせよう。

ゆるやかに傾斜するベッドロックで、
空と石、

ぼくに優しさを教えておくれ。

あるかなしかの肌ざわり——
かすめ過ぎる視線のきらめき——

小さな忍び足――
それらがついに堅い大地をおおうよう。
ちぎれ雲　かすみ
集まり結ぼれ青ねずの夏の
驟雨がはじまる。

紫の星明りの今宵　ともに飲むお茶、
新月はまもなく沈むだろう、
なぜにこれほど長く
かかるのだろうね
愛することを
学ぶのに、
　ぼくたち笑ったり
　　嘆いたり。

カササギの歌

午前六時、
掘りだされた砂利の上にすわった
セイヨウネズとS・P・鉄道の線路のほとり
州間道路80にほど近く
　　トラックとトラックにはさまれて
コヨーテども——たぶん三匹
　　　高いところから
　　おーおー吠えたり叫んだり。

大枝にとまったカササギが
頭かしげて言ったとさ、
　「心のうちには、兄弟よ
　　トルコ石の青

嘘なんかついていやしない。
かいでごらんよそよ風を
すべての木々を抜けてくる
怖がらなくてもだいじょうぶ
行く手にあろうものごとを
西の丘の頂に雪は
毎年降りつむもの
心静かに。
地の上の羽――
風のひびき――

胸のうちには、兄弟よ、
〝トルコ石〟の青」

明日の歌

Y・K・

USAはその委任領をゆっくりと失った
二十世紀の半ばから後ろのこと
つらなる山川、
　木々や動物たちに、
　　一票の権利を
　　　与えなかったので。
住むものすべてに見棄てられた
　ほろびてゆく神話。
大陸さえも永遠ではありえない

亀の島が戻ってきた。
友は　コヨーテの乾いた糞を打ち割り
地リスの歯を取り出し
貫きとおすと、

　　金の耳輪に
　　吊り下げた。

喜びつつ　未来に向かうぼくたち
化石燃料はもういらない
力は身内からわきあがり
より少量のものからも
強く多くが育ってゆく。

道具を摑む　リズムにのって並んで動く
機智の輝き　言葉にならない知識を
　　　　　　　　閃めかす
　　目から目へ
猫のように　蛇のように　石のように
　　　　　　　　静かに座る
　ブルーブラックの空のように
　　　　　　無きずで持続的。
狼のように　優しく無邪気

君主のように　巧妙に。

自分の場所で　働く、

荒野の
生の
死の
母なるものの乳房の
ために！

子供たちに

Y・K・

統計の
上がり坂、のぼり坂が、
ぼくらの前にある。
けわしい登り
何もかも、上がる、
上がる、ぼくらがみんな
落下するとき。

次の世紀には
あるいはその先の世紀には、
数々の谷や、牧野があって、
ぼくらは安心して会える
らしいよ
もし生きのこっていれば。

来るべき頂にのぼるため
ひとことを君に、
君と子供たちに、

寄りそいあって
花々に学び
物はすくなく
かろやかに

『斧の柄』より

ルーへ／ルーから

ある日ルー・ウェルチが　ひょっこり目の前に現れた、
しかもピンシャンしてるじゃないか。「この野郎」とぼくはいった、
「おまえ、拳銃で自殺したってのは、ありゃウソか」
「ウソじゃない、ちゃんとやったよ」と彼はいった。
そしてその時もまだ、ぼくの背中は、なんだかうそ寒かった。
「うん、たしかにおまえやったらしいな」とぼくはいった——「おれ、いま感じてきたよ」
「そうなんだな」とルーはいった、
「どうやらおまえの世界とおれの世界とのあいだには
なにか本源的な恐怖が横たわっている。どうしてなのか、おれには
皆目わかんねえけど。
おれが今日いいにきたのは、
ほかでもない循環(サイクル)のことを　子供たちに教えてやれってことだ。
そう生命の循環のこと、それからすべてのものの循環。
宇宙のすべてはこれにかかっている。ところがみんなが、そいつを忘れてるんだ」

H・K・

斧の柄

H・K・

四月の終わり頃のある昼下がり
カイに手斧の投げ方を教えてやる
空中で半回転、そして切株に　グサッ。
カイがいう、そうだ、仕事場に、柄(え)のない手斧の
頭があったっけ。そして
それを取ってきて、これはぼく用だよ、という。
ドアのうしろには、こわれた斧の柄があった、
これだけの長さがあれば、手斧には十分、
適当にそれを切って、いま使っている
斧といっしょに、
まき割り台まで持ってゆく。
そこでぼくは、手斧で古い柄を削りだす。
すると急に、はじめエズラ・パウンド訳で
読んだ詩句が、

耳の中に響いてくる!
「手斧の柄を作る時
　手本はそれの　すぐそばにある」

そしてカイにいってやる
「いいかい、斧の柄を作る時は、
それを削っている斧の形を
手本にして作るんだよ――」
カイはうなずく。そしてぼくは、
もう一度自分の耳に聴く。
紀元四百年、陸機(ルウジ)の「文賦(ワンフ)」序に、
その出典はある、すなわち「斧を操(と)りて
柯(え)を伐(き)るに至りては、
則(のり)を取ること遠からず」と、
ずっと前、ぼくにそれを教えてくれたのは、陸機を英訳した
ぼくの先生　世驤陳(シ・シャン・チェン)。
そこでぼくは納得する、パウンドは
斧だった、
陳(チェン)先生も斧、このぼくだって斧

そしてぼくの息子カイは　柄、彼もまた
間もなく削られ、形づくられる運命にある。
手本と道具、文化と技能、
こうしてぼくたちの伝統は、続いてゆく。

おむつを替える

この子　なんて賢そうなんだろう！
　仰向けに寝かされ
　両足をぼくの手にあずけて
　視線を斜かいに
　シャープの連発銃を膝に当てた
　酋長ジェロニモの大ポスターに向けて。

おむつを開いて、拭く、何をされてるか　彼　気づきもしない。
　ぼくだって同じだ。
赤ん坊らしい脚と膝
　豆みたいな小さな脚の指
　小さな皺、食うと美味そうだ、
　目はきらきら、光沢のある耳
　胸が膨らむ　空気を吸って、

H・K・

おい相棒、心配すんな、
君、ぼく、　それにジェロニモ
みんな男だ。

戦略空軍総司令部

ジェット機の　シューッという音と閃光とが
乙女座　の木星の側を過ぎる。
彼はたずねる、空には衛星が幾つあるの？
衛星の位置全部知ってる人　誰かいる？
その星たち　一体なにしてるの？　誰が見張ってるの？

霜が寝袋の上に積もる。
焚き火の最後の燃え滓、
お茶をもう一杯飲む、
ここはまわりを雪に縁取られた　高い湖のほとりだ。

これらの崖も　これらの星も
みな一つの宇宙に属している
それらの間にある少しばかりの空気は

H・K

二十世紀とその戦争に属している。

（一九八二年八月、シエラ・ネヴァダ、コイップ岳にて）

ほんものの夜

寝床の暗闇に包まれた　眠りのさや
この夢の子宮の　どこか外側から　聞こえてくる
ガチャン　という音
ようやく精神が　釣針（はり）に跳びつく魚のように
真相に向かって　跳びついてゆく
台所に　洗態だ！
鉢が落ちる、
　　壜がぶつかる
　　　皿が雪崩（なだ）れる！
またいつもの儀式だ、ぼくはパッと目をさまして
ふらつきながら起き上がる、足がやっと立つ、
棒を摑んで　闇の中に駈けこむ——
ドッドッと床踏み鳴らし

H・K・

洗熊に向かって吠えるぼくは大鬼だ、
奴らはすごい勢いで　部屋の隅を走り廻る
引っ掻く音がして
　奴らが木に登ったことがわかる

ぼくは木の根方に立つ
先のもげた枯枝の
上にいるチビ二匹が
幹の両側から　下の方をのぞいている。
　ウォー、ウォー、ぼくは吠える
てめえら、ひでえ洗熊野郎め、いつも夜中に
おれを起こして
　うちの台所を荒らしやがる

それから無言で　その場に立ちつくす
裸身を包む　冷たい大気が
皮膚をぴくっと刺す
ぼくは全身で　夜を感じている。

手に棒をもったまま　裸足の足で
砂利の形を一つ一つえどりながら、いつまでも踏みしめている。

細い線のような雲が
黒ぐろとした松の枝のうしろで
細長いミルク色の光に　吸いこまれてゆく
月はまだ満ちていて
松の木だらけの山腹が
サヤサヤと囁いている、山陰の　冷たいくぼ地では
コオロギがまだ闇の中で　か細く鳴いている

ぼくは向きを変えて
寝床のほうへ　ゆっくり戻ってゆく
鳥肌立った身体、ざんばら髪
ミルク色の月光に照らされた　薄っぺらな雲と
さらさら葉ずれの音をたてている　黒松の木立、そうした夜の中で
ぼくは盛りを過ぎて
そのうち風に吹き飛ばされてゆく

タンポポの花か　と自分のことを感じている
それとも　真珠色の水の中で
開いたり　揺れたりしている　イソギンチャク？

もう五十に手が届こうというのに
いまだにぼくは　年がら年じゅう
子供みたいに　ナットやボルトをいじくっている。

月影に包まれて
子供たちが眠っている
そしてぼくといっしょに　長年暮してきた女も、
ほんものの夜。
この闇の中では
そう長らく目覚めておれるものではない
埃だらけの足　もつれた髪
腰を低める　ぼくはまたさやの中へすべりこむ、

毎日　夜明けとともに訪れる目覚めのために
ぼくにはまだ必要な
眠りの中へ。

雪のなかを走り去った三頭の鹿と一匹のコヨーテについての詩

H・K・

　さいしょに三頭の鹿が　ぴょんぴょん跳ねながら走ってゆき
それから　そのあとすぐコヨーテが一匹　すごい勢いで走り去る
　尻尾を　のしいかみたいにペチャンコにして
ぼくはびっくりして　ものもいえず　その場にしばらく　たぶん二秒ぐらい
立ちつくす　木立と雪の白黒のなかに
　あ、コヨーテが戻ってきた！
　すばらしい毛　　ふさふさした尻尾
チラ、とぼくのほうを見て　　急いで走り去る。
　そのあと
ぼくは　かれらが走っていったあとを　歩いてみる

かれらのニュースが　どのように印されたかを　調べるために。

自然老女

自然老女は
必ずどこかに　骨袋を
　隠し持っている。
　　部屋中が骨だらけ！

髪の毛と　軟骨の断片が
　森の中に散らばって。

毛と　歯が一本混じっているキツネの糞。
貝塚ひとつ
　小川の土手に　骨片ひとつ。

喉を鳴らすネコ、ネズミを頭から
　食っている、

H・K・

だんだん下へ　尻尾まで――

優しい老婆が　月光の下で
　静かに薪を
　　集めている……

腰抜かしちゃあいけない、
　彼女は君にスープを
　　作ってくれるつもりなんだから。

（一九八一年七月、東京歌舞伎座にて
市川猿之介の「黒塚」を見る）

キョウコク・ミソサザイ

ジェイムズ・カッツとキャロル・カッツへ

H・K・

断崖を見上げる
けれどぼくたちは　　　下流に　流される
　　　　　　　　　　　　　　筏は
横揺れして　立ち騒ぐ水の上を　滑って行く
　水流は弓なりに曲がり　底では
　　丸石がチラチラ光る
両側に直立する岩壁。
一羽の鷹が　その狭い天をよぎって飛ぶ
　　　太陽に撃たれたのか、

ぼくたちは漕ぎ進む、バックストロークで漕いだり、回転したり、
渦や波に揉まれてキリキリ舞いしながら
泡立つ白波の階段を下る。
　怒濤の音よりひときわ高い、

　キョウコク・ミソサザイの声を聞く。

なだらかな場所では、流れに任せて進んだり、休んだり。
ミソサザイの声がまた聞こえる。繊細な尻下がりの歌

　ティティ　ティ　ティ　ティー　ティー　ティー

太古の川床を通って下りながら。
雌のマガモが一羽　上流に向かって飛んで行く――

百歩洪の激流を矢のように下りながら
蘇軾は　一瞬　流れが
　完全に　静止するのを　見た
「回視（かいし）すれば
　此の水　殊（こと）に委蛇（いい）たり」

道元は　ある真夜中にこう書いた、

「山々は流れる」
「水はこれ真竜の宮なり、
流落にあらず」

ぼくたちは　チャイナ・キャンプに、　黒い髪した
坑夫たちが積み上げた石山の間に　筏を曳き上げ、
暗闇の中で飯支度、
川の側で　朝まで眠る。

束の間の　これらの歌は
生まれては　消える
ぼくたちの耳を浄めるために。

スタニスラウス川は、中央ミーウオク地方を抜け、サン・ホワキン渓谷へ流れ込む。川の屈折、転回、また渓谷の、層をなし渦を巻く岩壁は、今から九百万年前に噴出した深成岩、モンゾナイトから成る。高地シエラから流れ出る、この「竜の腕」を筏やカヤックに乗って、岩登りや川下りの愛好家たちは、もう長いこと楽しんできた。わりと最近、ジム・カ

ッツとその仲間——皆川下りの名人——が、せめてこの川が、ニュー・メローンズ・ダムの水底に沈む前に、いっしょに川を下って、もう一度　その顔を見ておこうではないか、と言ってきた。キョウコク・ミソサザイの歌は、その旅の間じゅう、ぼくらとともにあったのだ。チャイナ・キャンプの暗がりの中で、この詩を書く。

（四〇〇八一年四月、スタニスラウス川、キャンプ9からパロッツ・フェリーまで）

生きとし生けるもののために

H・K・

あ、あ、生きていること
　九月半ばのある朝
裸足で、ズボンの裾をまくり上げ、
手にはブーツ、パックを背負い、
川の浅瀬を　渡って行く、
陽の光、浅瀬にはった氷、
北ロッキー山系。

冷たいクリークのサラサラという音、水のきらめき
足の下で小石がクルクル回る。足指みたいに　小さくて固い
　冷たい鼻　鼻水を垂らす
　心の中で　歌を歌う
　クリークの音楽、心の音楽

砂利の上の　太陽の匂い。
　ぼくは忠誠を誓う
ぼくは忠誠を誓う「亀の島」の
　土に、
そして　そこに住む　生き物に
　太陽の下　すべてのものが
　喜ばしい相互浸透を繰り返す
　　変化に満ちた
一つの生態系。

『雨ざらし』より

エルクの踏み道

太古の、地球のように年をへたエルクの小道
ほそぼそと、土埃たつエルクの小道
ひろびろと　踏みつけられ、ぬかるんだ、
あてどなく……　さまよいながら……
移ろいつづける　エルクの小道。

ぼくは君の上を歩いた、太古の踏み道よ、
せまい岩尾根をつたい
君の世界の
山々を　高く、
切りたつ谷の紫の影に包まれて
静まりかえる巨木たちを見おろした——
尖塔のような高山モミより高く
太陽がなだめた雪原と

Y・K・

花々が　地表を分けあっている
けわしい草地より高く。

ぼくはたどった、鋭く突っ立ち
こわれた横引き鋸のようにぎざぎざの
せまくねじれた稜線を
エルクの全世界の屋根を越え
太古のさまよう踏み道の一筋を、
岩と土と雪をジグザグに刻みながら——
しずしずと高原草地をくだる、
ルピナスの香りにあふれ、
エルクの糞の匂いにあふれ、
束の間を生きる
きゃしゃな高嶺の花々の香りにあふれ。
稜線の頂からぼくはたどった
ヒースの野と、森をぬけ、
うねうねとおりていった
まだ人の脣が触れていない

ちっちゃな　青みどりの山の湖の
蹄でかきまわされた岸辺へ。

太古の、さまよう踏み道よ
先割れの蹄が何世紀もかけて切りひらき縁どった
草原から草原へ　渡りつつ――
道筋や行先があてなく見えようと、
鋭敏に調節された生き物たちの守護者、
本能が図示するとおり。
粗毛（あらげ）におおわれ、鋼鉄の筋肉と、
ひきしまった脇腹で　じゃこうの香りをまき散らす神。
高原草地の　雪中の独り寝や、暖かい夏の午後
山草を敷いたまどろみに慣れている。
神はまたあざ笑う　低く幾たびも
人のつくった踏み道を、
正確に切られてはいても山の中の赤ん坊
そそり立つ　稜線のすばらしさも、
宇宙に架けわたされた草の斜面も

まるで知らない――
おのずと目だつよう木の間で折り返された
小川や谷ぞいの踏み道は、
　エルクの世界の新参者。

（より高く、夕暮れにエルクは歩く
草原から草原へ
岩と雪よじのぼりつつ
太古の、さまよう
あてどない踏み道を
そして太古の、粗毛の、
ひきしまった胁腹の神
くっくと笑う　静かな風のように
人と、人がつくったすべての踏み道を）

（セント・ヘレンズ山、スピリット湖、一九四七年）

P・ウエーレンの閑職

ウエーレン、風変わりな　禿鷹、
まずは西欧の心をついばみ、
一度はグイオンが　女魔法使いを疾走させたり、騎士たちを悩ませたりするのを見たという
その濁った眼を　食ったこともある

それでも満足できずに、今度は　いとも軽やかに
甘い竹の方へ飛んでゆくと
黄色い沈泥に　緑を育て
死んだ李白について　詩一篇を書いた。
その酔っ払いは　彼にダンスを教え、
死体は植物にまかせ、
夜は外で　雨に打たれて寝るがよい　と教えた。

爆弾投下テスト

H・K・

魚が腹を見せて　浮かんでいる、やらせじゃない、ほんものだ――
白眼に　ウラニウムが
　　　　ついている
魚はずっと泳いでいたのだ
暗い暗い海の　ずっと深みで　その時
何か奇妙なものが　銀色の雪片となって　光りながら
　　　差し込んできた
絹雲から海山まで、
すべての食物連鎖を貫いて、
エビからマグロ、海流、
波に乗りながら。

（京都）

羽衣

中村八重子へ

風のない　澄み切った春の日だ
海は凪ぎ、空を背に　山の輪郭が
　くっきりと浮かんでいる。
一人の年老いた男　海辺の砂地の
　松林の中で　足を止める、
あたりの静かで晴朗たる美しさに　我を忘れたのだ。
妙なる香りを辿って
　老人は　松の枝にかかっている
世にも壮麗な　羽毛の打ちかけを見つける。

羽衣を腕にかけた時
驚きの声を　男は聞く
止めて下さい、そしてそこに
今水浴びを終えたばかりの

天真の姿で立ち尽くす
　輝くばかりの女を見る。

あなたがた
人間には用をなさない
羽毛の衣がなかったならば
私は家に飛び
帰れない、
　　　　と彼女は泣くのだった

そこで　踊り一曲　と引き換えに
　羽衣は　ようやく女の手に戻る。
踊る、
　女は　陽光にきらめく衣を身につける
松の影を渡るそよ風に翻る
軽やかな　衣の袖――

　年老いた男はそれを眺めながら

若き日に夢見たすべてを見る
　終わりない春
　世界の朝の
　　美しさ
　　　その時

女も、踊りながら　昇ってゆく
松林の上をゆっくりとたゆたい
丘の彼方高くに
　　青い空の霞みのなかに
黄金色の一点となって。

（謡曲「羽衣」）

マラッカ海峡一九五七年十月二十四日

H・K・

灰色の海に降る
柔らかい雨、また一羽のアジサシが
通り過ぎた船の航跡の上を
低く　滑るように
飛んでいる

灰色の海に降る
　　柔らかい雨
アジサシが一羽
　　　　波頭をかすめて
　　　　　滑るように飛ぶ
船の　もの言わぬ
　航跡

海の上の
　　　雨霧
アジサシが
波の上を
　　滑って行く、
航跡

高度の情報

H・K・

あたかも地中の虫のように、
あたかもタカのように、
それを探し求めるのに過ごした一生。解決の
糸口を掴み、骨を写生したり、道路の行き先を推量したり。
老子はいう、
君が知っていることを忘れるのが一番だと。
ぼくがやりたいことは、実はそれなんだ。
これらの照準をしっかりと　定めること、
はっきり、そしてピッタリと、
そこで見えてくる光景は
再びぼくの時代の心へと溶暗していく。
相も変わらぬ回りくどさ
しかしある道は　色で塗り分けられていて
「空（くう）」と出た

さあ、ぼくたちは出て行っていいのだ。

柿

二つの尾根の間にもぐる奥まった場所に
柿林がある。
十月になると　葉っぱは赤錆色
それとも黄土色かブロンズだ
この育ちの緩慢な広葉樹の
ほっそりした枝から
今散り落ちつつある
この柿林が　この秋のように
これほどたっぷり　これほど見事に
実を結ぶようになるには
実に沢山の窒素、
七年の歳月　そして
夏の間に十分な水が要るのだ。
今もいだばかりで　まだ

H・K

土の上に積み上げてある柿の山のそばには
幅一ヤードぐらいの
粗目の籠に入れた柿の実がある。
実に楽々とゆっくり道を漕いでいく
三輪トラックの上には
夕焼けの「深い黄褐色」
どの丸味にも　夏の光がいくらか残っていて
秋の茶色の地面の上に　輝いている、
柿は果てしのない三輪トラックの
流れのうえを流れ
ついにはさざ波を立てて
自動車道をひとまず後退
やがて砂利の上の店に　並べられる。
おなかのところに皺のある　タモパンという種類、
これは上から下まで熟して来て
柔らかくなるとすごく甘い。
柿と農夫
道を行く長い　忙しげな行列、

シーズンになると、特売が始まる、何年ぶりかの
大収穫、再びこの秋の　平和、
死んだ明朝皇帝たちの墓所で　突然このように
出食わしても　まんざら初めてではないという気がする。
天子たちの墓のぐるりには
広大な柿林、彼らは仮に
墓が空になり無人になっても
柿だけは食べつづけられるようにと計らったのだ、
柿のほうが　天子たちより長生きした、
だが　その上に万里の長城がさまよう山々では
材木、炭などのため、
樫の木はすっかり切り倒されていた、
ジンギスカンの時代の話だ。
羽振りがいいのは　人民と柿林。
ぼくは今日長城を歩いて、
ある墓の　奥深い所まで入ってみた
そして牧谿（もっけい）が描いたかと思われるような
目の粗い編み盆に乗せた柿一山から

すっかり熟したのを一つ手に取り、
食べ頃かどうか調べるために
その赤ん坊みたいに柔らかい肌を
トントンと叩いてみる、
店番の老人は笑いながら
ぼくがその柿を気に入ったことを了解する。
そこでぼくは　道端に並べられた
この秋の豊かさをあがなうため
いくつかの貨幣を老人に渡す、
こうして　天子たちの墓を見に来た観光客は
羽振りのいい人民と柿林とを
同時に提供されるのだ。

（一九八四年、北京　中華人民共和国）

「小エネルギー」から

H・K・

貫いて

檜を貫いて　うしろへ隠れようとする
　ハシボソキツツキの白い斑点
木々を貫いてはためく赤い測量テープ
　黒い森

バークレー

蕾と花の町
君の果実は　どこにある?

君の根っこは
　どこにある？

歴史が書き落とすこと

たいていの人間は　その人生を友達や子供たちと共に送り
人生をクールに生きた
真理と美に関しては　お偉方に魂を売り飛ばし
おのれ自身バカ者だった連中に　任せておいた。

峠のわが家

バイソンが　おなか――ごろごろ
バイソンの　もじゃもじゃ毛皮
バイソンがバイソンの体の臭いを嗅いでいる

バイソンの頭蓋骨が汗かき小屋を眺めている。
バイソンの肝臓が　まだ暖かい。バイソンのノミ
バイソンの胃のシチュー。
バイソンの赤ん坊が転ぶ。
バイソンの皮の家。バイソンのふとん。
「峠のわが家」

コイン一個ずつの裏側

エリート中のエリートの頭部
そして　どでかい建物。
どっちもコインの反対側の絵さ。

役に立つもの

骨製の

ノミとしては
人の腕骨に
勝るものはない
トウモロコシの軸は
コルク栓の
かわりになるよ。

（クック船長、及びズニ族の老女の言葉）

たくさんの遊び

ものごとの働きかた、
ものごとの在りかた。

歴史は　たくさんの誤りからなる。

それでもなお——上っ面では——
世界はまあまあに見える

たくさんの　遊び。

知る

木々は知っている、
太陽と同じく、星ぼしもまた
彼らの　命の
源泉だということを。

だが　無数の　小片が
暗闇の空に　撒き散らされる
太陽が
行ってしまったあと――

*

泥だらけ埃りだらけになって
　ものを修繕するのが大好きな人がいる。
彼らは　夜明けにはコーヒー、
　仕事のあとにはビールを飲む。

そしていつも身奇麗にしていて
　ただ　ありのままがいい　という人がいる。
彼らは　朝食にはミルク
　夜にはジュースを飲む。

なかには　その両方をやるのがいる、
　彼らは　お茶を　飲む。

トカゲ、風、日光、リンゴ

遠くの方で　飛行機が旋回している
納屋のラジオがフットボールの試合を放送中だ
森の中で　誰かが斧を使っている
台所では　ニワトリが　ネコの飯をつっついている。

禅の老師は食べ頃のニシンそっくり

最後まで成長するのは　滅多にない
小さいうちに食べられるやつも　みな大事なんだ。
　食物連鎖に捧げる贈り物、
　別の宇宙を養う。
このでっかい奴らは　サメの餌なんだ。

『ノー・ネイチャー』より

こうして詩は　ぼくに向かってやって来る

そいつは夜　丸石の上を
つまずきながら　やって来る
ぼくのキャンプファイアーの領分の外に
びくつきながら止まっている
そこでぼくは　光のちょうど端っこのところで
そいつに会いに　出かけて行く

道をそれて

キャロルに

H・K・

ぼくらは　岩場の上——木立をぬけて
何処に道を見つけてもよかった
道なんて全くないところに。山の稜線と森とが
ぼくらの目と足の前にその姿を現す
そして昔学んだ行動の知恵が指し示すまま
野生がぼくらを
導くに任せる。ぼくらは
前にもここへ来たことがある。行く道が
決まってるところを歩くより
このほうが　なんとなくもっと懐かしい、
どんな道だって可能性はある、それに大抵の道は通れる。
途中で行き止まりになっても　それはそれなりに面白い。
通り抜けられたらすごくうれしい、道草や迂回をすれば丸太や

花がみんな見える
鹿の道は真っすぐ上がり、横切るのは
リスの道、床岩を辿って歩を進める。
倒れ木の幹に座って一休み、
岩底に降り立ったり、斜面に沿って曲がったり、観察したり
どちらも選択しているのだ——今は道を分かっても——
後でまた再び出会う、ぼくは正しい、君も正しい
ぼくらは　一緒に出てくる。マッタケ「松のキノコ」が
切り株の根方で　呼吸している。赤松の葉と小枝を散りばめて
厚い絨毯を敷いた地面。こいつは　すごい！
ぼくらは笑う。たしかにすごい。
なぜならどの場所も　他より優れているということはないからだ、
すべての場所はそれぞれ　完璧なのだ、
そしてぼくらの踵、膝、肩、そして腰は、
みんなその場所を心得ている。
『老子』がどう言っていたか
思い出してみるがいい。道が大事なのではない。
どの道を行っても　行きたい所へは行けないだろう。ぼくらは　道を大きくそれてしまった。

君とぼく、そしてぼくらは二人とも
それを選んだ！　ぼくらの年来の野外の旅は、この二人で
する散歩の　予行演習だったのだ、
山中深く
二人並んで
岩を越え、森に分け入っていくこの散歩の。

雪降りのなかのルー・ウェルチに

三月の雪降り。
白い輝きに包まれて　君についての博士論文を読みながら
ぼくは座っている。君の詩。君の生活。

書いたのは　ぼくの学生だ、
こいつ　ぼくの引用までしているぞ。

ポートランドのキチンで　冗談言い合った時から　もう四十年。
君が消えてしまってから二十年。

すべて過去の　こうした年月　そしてその一瞬一瞬——
ジュジュッと　ベーコンの焼ける音　車のドアをバターンと閉める音、
友だちに送った詩の数々、そんなこんなをかき集めたら
詩人の文庫（アーカイヴ）がもういっちょう

いささか不安定なテキストがもう一つ　出来るよね。
しかしキチンの中での生活ならば　今もまだ続いてるよ
いまだにぼくたち　笑ったり、料理をしたりしてさ
　　外の雪を眺めながら。

（九一年、三月　キットキットディジー）

水面のさざ波

H・K・

「水面のさざ波は――その下を通る
ギンザケが起こすので――そよ風が起こす
さざ波ではない」

波の上を疾走する羽毛一枚――
ザトウクジラが
ニシンのかたまりを　飲み込みながら
大気中に　跳び上がる
――自然は　本ではなくて、一つの「パフォーマンス」、ある
高度の　古い文化だ

削り落とされ、消し去られ、何度も何度も繰り返し使われた
常に新鮮な事件――
草原の下に身を潜める川の

より合わされた水流——

広大な原野
　家、一軒。
原野の中の小さな家、
　家の中の原野。
二つとも　忘れ去られて。

　　自然は無性

二つ合わせて、一軒のどでかい空っぽの家。

ゲーリー・スナイダー 人と作品

山里勝己

ゲーリー・スナイダー(一九三〇〜)の最新詩集『ノー・ネイチャー』(一九九二)は、スナイダーが八〇年代までに出版した詩集の五〇〇余の作品から二七〇篇を選び、さらに一五篇の新作を加えて編まれたものである。このように絞りこまれた作品は、この詩人の特徴をよくあらわすものばかりであり、『ノー・ネイチャー』は一九九二年度全米図書賞の最終選考に残った詩集でもあった。この選集に収録された三〇〇篇近い作品群から、さらに翻訳すべき作品を選択するということもまた大変な仕事であったのであろうが、訳者たちの選択は妥当なものと言うべきであり、本書にはスナイダーの代表的な作品が訳出されている。

スナイダーの詩は、日本では、例えば『アメリカ現代詩ノート』(研究社、一九七七)所収の先駆的な諸エッセイとその中に訳出された作品に見られるように、本書の訳者の一人である金関寿夫氏が中心となって翻訳・紹介されてきた。ナナオ・サカキによる詩集『亀の島』(一九七四)の全訳(一九七八、新版一九九一、山口書店)は貴重なものであるが、スナイダーの詩は今日までまとまった形で翻訳されたことはなく、われわれは本書をとおして初めて、そのおおまかな全体像に触れることができるようになったのである。

本書のひとつの特徴は、それがスナイダーの一九五〇年代から九〇年代初期に至る、ほぼ四十年間の軌跡をはっきりと示すものでもあるということであろう。初期の『割り石』(一九五九)や『神話と本文』(一九六〇)から『ノー・ネイチャー』に至るまで、スナイダーが一貫して詩に表現してきたものは、やはり自然であり、自然を見つめる中で浮かび上がってくる人間像であろう。一九八五年にピュリツァー賞を受賞した詩人キャロリン・カイザーに言わせれば、スナイダーは「生存する最大の自然詩人」であるという。モダニズム以降に生まれたアメリカ詩のさまざまな潮流の中で、現代詩人の評価がいまだ不安定に揺れる部分があることは否めないことなのであるが、それでもスナイダーの詩業がきわめてユニークなものであるということは多言を要しない。近年の環境問題に対する急激な関心の高まりの中で、アメリカ現代詩におけるスナイダーの先駆性とその重要性がいよいよ鮮明になってきているのである。実際、アメリカにおけるスナイダー研究の第一人者であるパトリック・マーフィーは、おそらく大学以外でいま最も読まれているシリアスな現代詩人はスナイダーであろうと推測する——。

スナイダーの詩は、その生活や体験を色濃く反映する。それゆえ、『ノー・ネイチャー』は、ある意味ではひとつの自伝として読むこともできる。例えば、『割り石』や『神話と本文』は、アメリカ北西部の森林やヨセミテの奥地での労働体験に基づいた作品が多く、それに続く日本時代（一九五六〜一九六八）の生活や体験は、『奥の国』（一九六八）や『波について』（一九七〇）に反映されている。また、最近の作品に眼を向けると、例えば『ノー・ネイチャー』に収録された新作「雪降りのなかのルー・ウエルチに」は、カリフォルニア大学デイヴィス校教授として、自ら指導した学生の博士論文を読みながら、夭折した親友の記憶を辿るという内容になっているのである（一九八五年以来、スナイダーは「ウイルダネスの文学」を教えたり、大学院の創作課程で詩を担当したりしている）。スナイダーの詩は、その人生の軌跡と重ね合わせながら読むということもまたひとつの有効な読み方なのである。そしてその体験や生活を表現する抑制された簡潔で力強い詩語の中に、詩人の人間と自然に関する深い洞察や感動が読み取れるのである。

多くの批評家や研究者が指摘するように、スナイダーの自然と人間の関係性に焦点を合わせた作品は、すでに一九五〇年代半ば頃から書かれ始めている。これは、エコロジカルな言説がアメリカ社会に広く浸透したのが七〇年代であったということを考えると、その先駆性は自ずと理解されることであろう。このようなスナイダーの自然に対する関心は、その幼年期の生活の中で形成された。スナイダーは、一九三〇年五月八日、サンフランシスコで生まれている。父はハロルド、母はロウイス、アンティアという名の妹がいる。一九三二年、スナイダーが二歳になる前に、一家はワシントン州に移っている。一九三〇年代の不況の中、父親が数年間も失業するという状況で小規模の酪農場を営むのであるが、その生活は決して楽ではなかったようだ。しかし、スナイダーが森に親しみ、木や薬草の名称を覚え、先住民文化について関心を深めたのはこの時期であった。高校はシアトルと後に移り住んだオレゴン州ポートランドで出たが、ポートランドではマザマズ・マウンテン・クライマーズという成人対象の登山クラブに所属し、アメリカ北西部の高峰を次々と踏破する。この時期のウイルダネス（原生自然）の中でのさまざまな体験は、スナイダーにとっては一種のイニシエーションとなった。ほぼ同じ時期の一九四七年にはウイルダネス協会の会員になり、森林問題について国会に手紙を書いたり、自然体験を詩に表現しようとしたりしている。

奨学資金を得て入学したポートランドのリード・カレッジを一九五一年に卒業、その年の秋にはインディアナ大学の大学院に入学している。人類学で博士号を取得し、研究者になるつもりでいたが、大学院は一学期で退学する。後に出版された学部の卒業論文を読むと、研究者としても大成したであろうと感じられるほどの出来栄えなのであるが、詩の衝動を抑えることはできず、結局は詩人として生きることを決意し、西海岸に戻ってしまう。

詩の衝動は、またある種の「求道精神」とも結びついていた。例えば、インディアナを退学したもうひとつの理由としてスナイダーがあげているのは、鈴木大拙の影響である。インディアナに行く途中、サンフランシスコで鈴木の『禅仏教論文集』(第一集)を手に入れ、ヒッチハイクをしながらハイウエイの道端で読んだのだという。スナイダーは後にその影響の大きさについて回想しているが、大学院を退学し、西海岸に戻る一つの原因はこの時に D. T. Suzuki を読んだことにもあったのである。もちろん、人生の転回点においては諸々の要素が重なり合ってひとの生き方に関与するのであるが、例えば鈴木大拙の他にインディアナで読んだケネス・レックスロスのカリフォルニアの自然を描く詩や、自分自身の自然における神秘体験などが、この時期のスナイダーに強い影響を与えたものとして挙げられるだろう。

ベイ・エリアに戻ったスナイダーは、カリフォルニア大学バークレー校大学院で日本語と中国語を研究する。これはスナイダーが繰り返し発言していることであるが、その動機は、日本へ行って禅を学ぶためであった。しかし、なぜ禅なのであろう。スナイダーは、禅は人類学と同様に、結局は人間性の理解と関わっているからだと指摘する。一九五〇年代初期、スナイダーがそのように禅を理解した背景には、次のようなD. T. Suzukiの言葉もあるように思われる――「禅は、要するに自己の存在の本性を見究める術であって、とらわれの身を解放して自由への道を指し示す」(増谷文雄氏訳)。これは、『禅仏教論文集』(第一集)の序論の最初の文章である。東ネヴァダの広大な砂漠の道端で、車が拾ってくれるのを待ちながら読んだこのような一節が、若い人類学徒に強い印象を与えたことは想像に難くない。スナイダーは、アメリカ詩史上の重要な事件の一つであるシックス・ギャラリー朗読会の翌年、一九五六年に初来日するのであるが、その来日の背景を考えるとき、そこにはつねに自己の存在の意味を問い、人間であることの意味を問いつつ新しい人間像を模索する若い詩人の真摯な姿が窺われるのである。

スナイダー来日の背景にはもうひとつ忘れてならない事がある。それは、これもスナイダーが繰り返し発言していることであるが、その西洋文明に対する深い懐疑である。一九七七年のインタビューで、学生時代を振り返りながら、詩人は次のように述べている――「長い間、資本主義だけがおかしいのではないかと考えていた。その後インディアン研究を始め、大学では主に人類学を専攻し、何人かのアメリカ・インディアンの指導者たちとも親しくなった。それから、どうも間違っているのは資本主義だけでなく、どうやら西洋文化全体なのではないか、われわれの文化的伝統の中には自己破壊的なところがあるのではないかと考え始めたのだ……」。このような、西洋の伝統に対する懐疑は、多くの現代アメリカ詩人が共有するものであるが、彼らはこのような懐疑に深く揺さぶられながら、異文化――例えば、アジアの伝統――に眼を向けていったのである。

スナイダーが、一九五六年に日本に向けてサンフランシスコを船出した主要な動機は、禅寺において老師のもとで修行を試みたいということであった。しかし、背景に西洋文化全体に対する深い懐疑があり、同時に人間であることの新しい意味を模索する姿勢があることを考えると、その日本滞在を単に宗教的探求というような狭い枠で考えることはできない。スナイダーの思想の根底には、つねに束縛を嫌うフロンティア的傾向があり、それが幼年のころから身近にあったウォブリー（Wobbly）、すなわち世界産業労働組合（IWW）の伝統と結びつくと、その思想はラディカルな変革を求めていくものになる。東アジアに、東洋に何を求めたのであろうか。それは、自己の文化と融合することによって新しい神話、新しい生き方を創造する契機となるものであったにちがいない。日本時代は、一人の若きアメリカ詩人が、変革へのヴィジョンをふくらませた実り多き時代と考えるべきものなのであろう。

＊

『割り石』や『神話と本文』には、スナイダーが日本に出発する以前の世界、カリフォルニアやアメリカ北西部の圧倒的なウイルダネスを描く作品が多く収録されている。また、『割り石』には、最初の日本滞在（一九五六—五七）の際に書かれた作品が数篇、収録されている。『奥の国』には、極西部の自然を描く作品、それに続く二度目の日本体験、さらにはアレン・ギンズバーグやジョアン・カイガー等とともに訪ねたインドに触発された作品、そして最後に宮沢賢治の詩がスナイダーの手で英訳されて収められている。この詩集には全部で五つのセクションがあるが、特に興味深いのは「極東」というタイトルのついた二番目のセクションであろう。それは、ある意味ではスナイダーの六〇年代初期の日本滞在記のようなものであり、異文化に対する若い詩人の初期の懐疑がゆるやかに溶けはじめ、日本文化に沈潜していく姿が読み取れるはずである。京都は大徳寺の龍泉庵で、入矢義高をはじめ、日本の学者たちと共同で禅の文献の英訳に取り組んだのもこの頃のことである。「極東」セクションでは、労働と美意識が渾然と一体になったような川端婦人の日常に惹かれるように（「九月の八瀬」）、スナイダーの二度目の日本での生活が始まり、やがて『波について』の焦点の一つである上原雅子との諏訪之瀬島での結婚（「燃える島」）から、長男カイの誕生（「家を出ないで」）へと続き、光に満ちて不思議に澄みきった詩の世界が展開されていく。

スナイダーの詩の世界は、『波について』以降、新たな展開と深まりを見せる。この詩集では、例えば「味覚の歌」に見られるように、初期の頃からこの詩人の作品を特徴づけた生態学的な側面がより一層の深まりを示しているのであるが、それはエコロジーの研究や京都・大徳寺での仏教の研究と実践で得られたヴィジョンに支えられたものであると言うべきであろう。スナイダーは、一九五六年に初来日した際、太平洋を渡る船中での日記に、「塩―珪藻類―カイアシ類―ニシン―漁夫―われわれ、食べる」と食物連鎖の公式を書き付け、さらに日本滞在中の日記にも、「この食物連鎖の中でぼくはどこにいるのであろう」と記している（『地球家族』）。京都での仏教の研究、特に小田雪窓老師のもとでの修行は、このような根源的できわめて今日的な問いに答えるような、深い洞察をもたらしたのであった。レックスロスに対する献辞とともに引用されている、芭蕉の『奥の細道』の冒頭の一節が示唆するように、『奥の国』の詩群が模索し放浪する若い詩人の軌跡を描くものであったとするならば、これに続く『波について』には、確固としたヴィジョンを持ち、自らのなすべき「真の仕事」を鋭く見据える成熟した詩人の姿がある。スナイダーの世界には、いくつかの重要なターニング・ポイントがあるが、『波について』に収められた「味覚の歌」や「家を出ないで」は、模索と放浪の世界から抜け出し、『亀の島』の「再定住」の世界へと向かう詩人の方向性を予感させるものとなっている。

一九七五年にピュリツァー賞を受賞した『亀の島』は、「北米」大陸が、宇宙の海から浮かび上がってきた亀の身体についていた泥から出来たものであるという、アメリカ先住民の創世神話に触発されて書かれたものである。この詩集には詩と散文が収録されているが、これらの作品は、生態地域主義（バイオリージョナリズム）を先駆的に表現したものであると言うべきであろう。バイオリージョナリズムは、北カリフォルニアを中心として、一九七〇年代から展開されてきた運動である。それは、政治的な網の目を被せて分割された行政上の地域を基礎として生活を考えるのではなく、生態系を基礎として境界を定められた地域、すなわち草や木や川などを基準として括られる地域を中心に、人間と自然、あるいは人間の生きる場所について考えながら、新しい生き方を追及しようとする思想と言ってもよいだろう。それはまた、自らが選択した生態地域（バイオリージョン）にコミットしながら生きていこうとする、ディセントラリズムの思想でもある。

詩集『亀の島』は、このような思想を先駆的に表現したものであり、シエラ・ネヴァダの森に自らの手で建てた家に移り住んだ詩人の、一九七〇年代以降の生態系との交渉に焦点を合わせた多くの作品を収録している。ここはかつてのゴールドラッシュの傷がいまだに癒されない土地であるが、詩人はこの場所で、アメリカ先住民の伝統やエコロジーや仏教などから学んだものを生活の中で実践しつつ、未来に向けてそのヴィジョンを深めてきた。その家は、キットキットディジーと呼ばれ、ミシシッピー川上流に住んでいたマンダン族の住居や日本の農家など、古い定住の伝統から学んだ家であるが、それは同時に再生可能エネルギーを取り入れて新しい未来を指向しつつひとつの場所にコミットする「再定住者」のための家でもある。「場所の感覚」を深めながら、野生の自然との交渉を繰り返すキットキットディッジーでの七〇年代初期の生活は、緊張をはらみ危機感に満ちあふれている。そしてそのような生活の中で書かれる詩群は、「亀の島」の神話を基礎に、歴史の枠組みを一気に拡大しながら文明を考えようとする雄大な構想を反映して読者を圧倒する。『亀の島』には「路傍の死者」のような作品もあるが、スナイダーは決して嘆きの歌だけを歌う詩人ではない。この詩集には、希望をうたうすぐれた作品もまた多く収められているのである。例えば、「カササギの歌」や「明日の歌」、あるいは「子供たちに」には、スナイダーが一貫して示してきたアメリカ的な明るさ、未来に開けていく希望が、この詩人特有の明晰さで表現されているのである。

『亀の島』からほぼ十年たって出版された『斧の柄』(一九八三)は、生態地域における再定住の落ち着きが感じられる詩集である。この詩集では、『亀の島』の緊張をはらんだ世界のかわりに、再定住の中で「場所の文化」を創造し、それを未来に伝えようとするゆったりとした生活が描かれる。標題作はその代表的な作品であろう。そして詩人の自然観や生命観の深まりは、例えば巻末の「生きとし生けるもののために」と題された作品に典型的に表現されている。この作品の後半は、アメリカの学校や政府の儀式で国旗に向かって暗唱される「忠誠の誓い」のパロディーでもあるが、この詩は、国旗や国家ではなく、「亀の島」の土や、太陽のもとで生きるすべてのもの、すなわち相互浸透の関係性を生きる生態系の「構成員」すべてに向けた「忠誠の誓い」になっている。それは生態系における人間の位置をはっきりと示すと同時に、人間であることの新しい意味を示唆する作品ともなっているのである。

『雨ざらし』(一九八六)は、それまでどの詩集にも収録されなかった作品を年代別に整理して一冊にまとめたものである。それゆえ、それはスナイダーの詩集の中では最もつよく自伝性を帯びた構成となっていて、例えば龍泉庵を再興しスナイダー初来日を援助したルース・ササキに捧げられた作品や、日本文化に対する懐疑を表明した作品、あるいは「小エネルギー」と題された短い作品群などが収録されている。スナイダー初期の傾向や、それまであまり知られることのなかった側面を教えてくれる詩集でもある。

『ノー・ネイチャー』は、最後に十五篇の新作をまとめて一つのセクションとしているが、それはさらに深まりゆく再定住のヴィジョンと、「道をそれて」想像力の野性の深みに大胆に分け入っていく詩人の新たな展開を示唆するものとなっている。

＊

一九六八年、日本を離れて帰国する直前に、スナイダーは関西経済研究センターで「生態学と経済学」と題する講演を日本語で行なっている。その講演で、スナイダーは生態学の有する文明史的な意義について語りながら、同時に西洋の詩人の使命についても語っている。西洋の詩人とは「神話を作る人」であり、それは「三千年、四千年前からの伝統」

であるとし、神話とは単なる物語ではなく、社会の進むべき新しい方向、「新しい人間の方向」を指し示すものであり、詩人とは直感的に社会や文化の方向をとらえ、「将来を動かす新しい文化、新しい神話を作る事が出来る」存在であると指摘する。さらにスナイダーは、エズラ・パウンドの「芸術家は民族のアンテナである」という、例のよく知られた言葉を紹介しながら、「私も同じようにそういう自分にある敏感なところを出来るだけ育てています、いつも多くの勉強をしながら」と言葉を繋いでいる。

　スナイダーのこれまでの軌跡を辿っていくときに浮かび上がってくるのは、まさにこのような詩人の姿であろう。「亀の島」の神話は、アメリカ人の新たな未来を示唆する。「亀の島（タートル・アイランド）」の新しい「住人（ネイティヴ）」としていかに生きるべきか――「場所の感覚」を深めながら続けられてきたカリフォルニア辺境での二十年余の生活は、この神話のもつ詩的・思想的な可能性を探究する一つの実験でもあった。自然と人間の関係をラディカルに問い直し、普遍的な人間像を模索しながら、スナイダーは京都に住み、インドを訪ね、ナナオ・サカキに代表される七〇年代の日本のカウンター・カルチャーと親交を結び、太平洋をタンカーで往復し、再びアメリカ西海岸に戻ってシエラ・ネヴァダの森の中で再定住の生活を始めたのであった。それはつねに「道をそれて」いく営為であったのであるが、同時に、西洋の詩人のあるべき姿を追及するという点では、きわめて伝統的な生き方でもあった。スナイダーの作品は、このような詩の理想と使命を反映するものであり、このことは詩人として出発した五〇年代から一貫して変わらない、この詩人独自のありようなのである。

真にシリアスな詩人は、時代の核心をなす問題と格闘し、読者に新しい神話を提示する。ゲーリー・スナイダーはそのような詩人であり、われわれはいま、「ポストヒューマニスト」としてのこの詩人のヴィジョンの深まりを同時代人として目撃できるという、まことにエキサイティングな時間を生きているのである。

*

スナイダーの著書の全体について触れることができないのは残念であるが、以下、主要なものの英文タイトルと出版社を年代順に示しておく。

（一九九六年）

詩集

Riprap and Cold Mountain Poems. 1959. San Francisco: North Point, 1990.
Myths & Texts. 1960. New York : New Directions, 1978.
Six Sections from Mountains & Rivers Without End. San Francisco : Four Seasons, 1965.
The Back Country. New York:New Directions, 1968.
Regarding Wave. New York:New Directions, 1970.
Turtle Island. New Yorrk:New Directions, 1974.
Axe Handles. San Francisco:North Point, 1983.
Left Out in the Rain:New Poems 1947-1985. San Francisco:North Point, 1986.
No Nature:New and Selected Poems. New York:Pantheon, 1992.

散文集

Earth House Hold. New York:New Directions, 1969.

The Old Ways. San Francisco:City Lights, 1977.

He Who Hunted Birds in His Father's Village:The Dimensions of a Haida Myth. San Francisco: Gray Fox, 1979.

The Real Work:Interviews and Talks. New York:New Directions, 1980.

Passage Through India. San Francisco:Gray Fox, 1984.

The Practice of the Wild. San Francisco:North Point, 1990.

A Place in Space:New and Selected Prose. Washington, D.C.:Counterpoint, 1995.

訳注

序

白隠禅師＝江戸中期の禅僧（1685―1768）。臨済宗中興の祖。名は慧鶴。一七一八年京都妙心寺第一座として、民衆教化につとめた。晩年に伊豆竜沢寺を開く。没後、その法系は発展し、現在は臨済宗の大部分が人的・教学的に白隠の影響下にある。絵もよくした。著書『槐安国語』『夜船閑話』『遠羅天釜』など。引用は『坐禅和讃』より。

パイユート・クリーク

パイユート・クリーク＝ヨセミテ国立公園のハイ・カントリーにある地名。アメリカ先住民、パイユート族の名に由来。

「伐採」より

伐採について、スナイダーは『野性の実践』（重松宗育・原成吉訳、思潮社）の「極西の原生林」で詳しく述べている。

イオ＝古代ギリシャ語の祈りの言葉、日本語の「南無」に相当。

Pantheon 版 *No Nature*,p.35,l.4の"still"は誤りで"sill"（土を固めて作った土台）が正しい。

キャット＝無限軌道式トラクター、キャタピラー・トラクターの略。

ボード・フィート＝米国の木材測定単位。一フィート平方で厚さ一インチの板の体積。

チョーカー＝丸太につける輪鎖。

シー・ファン＝漢字表記不明。道教哲学を信奉していた中国の隠者か？

世阿弥（ゼアミ）＝室町前期の能役者・能作者（1363頃—1443頃）。二代目観世大夫。実名元清。

トマーリス湾＝サンフランシスコの北、レイエス岬に接する湾。

「松風」＝著者は世阿弥の能、「高砂」からというが出典不明。

オレイリー山＝スナイダーが伐採の仕事をしていたウォーム・スプリングス・インディアンの居留地から見えた、中央オレゴン・カスケード山脈にある山。「オレイリー」はあるインディアン部族の言語で「コヨーテ」の意味。

スクリー平＝ウォーム・スプリングス川沿いの平原。

エヴァレット＝ワシントン州シアトルの北部にある町。大きな製材所がある。第一次大戦後、製材所の労働者によるストライキがあった。シアトルの労働組合員（多くはIWW〈Industrial Workers of the World〉）が、ストライキ支援のため海路から（鉄道は監視されていたため）エヴァレットに入ろうとしたとき、この発砲事件が起きた。

フーヴァーヴィル＝大恐慌の時代、多くのホームレスを収容する当座しのぎの住宅群のことで、当時の大統領ハーバート・フーヴァーに由来。なお、オレゴン州ポートランド近郊のサリヴァン渓谷には大きなフーヴァーヴィルがあった。

「不満をいだく……」＝IWWのソング・ブック *The Little Red Book* に収められたチャールズ・アシュレーによる「エヴァレット十一月五日」という歌の一節。

スキッド・トレーラー＝森から材木を引っぱり出す巨大なトラクター。

ドリンクスウオーター＝オグララ・スー族のシャーマン。この言葉は彼の部族の将来を予言したもの。

クレージー・ホース＝すべてのネイティヴ・アメリカンの酋長中で最も偉大で、最もカリスマ性の強かったスー族の酋長（1842?-77）。シティングブルとともにカスター将軍と戦った。

「その声を……」＝ハイダ・インディアンの神話に登場する海に住む超自然的な存在。スナイダーは、ハイダ族の神話に関する論文、*He Who Hunted Birds in His Father's Village*(Grey Fox,1979)をリード・カレッジ在学中に書いている。

寒山＝中国、唐代の伝説的な詩僧。拾得（ジットク）とともに天台山国清寺に住し、その詩と称されるものが伝えられる。スナイダーによる英訳が *Riprap and Cold Mountain Poems*(North Point,1990) にある。

アハブ王＝森を育てたために、エホバを信じる者たちに処刑された。

キュベレ＝アナトリア「黒海・地中海間の平原地席」、アナトリア語で「母なる女神」の意味。

ハイ・レッド＝高い木にフックのついたケーブルを取り付け、地面にある丸太を集材トラックなどに集める「架線集材」のこと。

キャット・スキディング＝キャット（無限軌道トラクター）を使って集材すること。

カルパ＝「劫波」。ヒンズー教・仏教のほとんど無限ともいえるほどの長い時間の単位。

女神シヴァ＝「湿婆」。ヒンズー教の三主神の一。破壊と創造を予徴し、また人間の運命を支配する。仏教に入って大自在天となった。

九月の八瀬

八瀬＝京都市左京区の地名。比叡山西麓、高野川の清流に臨み、北の大原とともに洛北の景勝地。スナイダーは一時この地で離れを借りて住んでいた。

銭湯

六〇年代初めの京都の銭湯風景。

南泉

南泉＝禅の公案の一「南泉斬猫（なんせんざんみょう）」に由来……『碧巌録』より、東西両堂が猫の仔の仏性の有無について争ったとき、唐の禅僧南泉が猫の仔をとらえ会得したところを明らかにせよと迫り、返答がなかったためその猫を斬ったという故事。スナイダーは拾ってきた猫にこの南泉和尚の名前をつけた。

ノースビーチ　夜明けの歌（アルバ）

ノースビーチ＝サンフランシスコのビート・ムーヴメントゆかりの地。ビート詩人ローレンス・ファーリンゲッティのシティライツ書店があることでも有名。五〇年代の様子は、ジャック・ケルアックのスナイダーをモデルにした小説 *The Dharma Bums*（邦題『ザ・ダルマ・バムズ』中井義幸訳、講談社文芸文庫）に詳しい。

仏陀たちの母、天の女王、太陽の母、マリチ、夜明けの女神

スナイダーが詩人のジョアン・カイガー（当時のスナイダーの妻）とインドのビハールにある古代の大乗仏教の遺跡を訪れたとき、地中に半ば埋もれたマリチの石像を見たという。マリチとは「夜明け」と結びついたインドの女神で、「雌豚」がそのトーテムになっている。マリチの石像を見たすぐ後に本物の雌豚をみて、その強烈な存在感に打たれたスナイダーは、この作品を雌豚と女神のために書いたという。日本では猪と結びついて摩利支天（まりしてん）となっている。

ナナオは知っている

ナナオ・サカキ＝日本の放浪詩人で、スナイダーやギンズバーグの友人（一九二三年生まれ）。日本のカウンターカルチャーに大きな影響を与えた。作品は数カ国語に訳されている。代表作に詩集 *Break the Mirror*(North Point)やスナイダーの『亀の島』（山口書店）の翻訳などがある。日本でよりもアメリカではるかに有名。二〇〇八年歿。

煙出しの穴をぬけて

ダン・アレン＝歴史的なアンソロジー『新しいアメリカ詩』（1960）の編者ドナルド・M・アレン。

一九六四年の六月、彼とスナイダーは一緒にアルバカーキーの北にあるキーヴァを訪れている。
キーヴァ＝プエブロ・インディアンの（半）地下の大広間のこと。宗教儀式・会議などに使われる。
ジャムナ川＝インド北部の川、ヒマラヤ山脈に発し南東に流れアラハバードでガンジス川に合流する。この二つの川の合流地点はヒンズー教徒の聖地となっている。

波

ウェーヴ……ヴェイグ＝インド・ヨーロッパ語源学では、wife（妻）〔woman, wyfman〕、wave（波）はvibraiing（波動するもの）を意味している。また、vailed（隠された）、vague（曖昧な）もvibratingと意味のつながりがある。ここで詩人はこれらの音を頭韻としてつなげ、意味の同質性も強調している。
オコティヨ＝米国南西部・メキシコ産の刺の多い多脂性の低木、砂漠に生え赤い花をつける。

燃える島

燃える島＝九州の南に位置する十島群島にある火山島、諏訪之瀬島のこと。この島の様子は、スナイダーの『地球の家を保つには』（片桐ユズル訳、スタジオ・リーフ出版局）の最終章に描かれている。
四〇〇六七年＝最古の洞窟壁画から概算したもの。西暦一九六七年。

波について

このタイトル "Regarding Wave" は「観音(菩薩)」の英訳(「観音」の「音」は「音波」。前頁「ウェーヴ」の注参照)ともとれる。"Regarding" を「見ながら」と解釈してもよいと詩人は言っている。

オンム　アー　フーム＝サンスクリット語でヴェーダ聖典を誦読する前後、あるいは真言(マントラ)や祈りの開始の際に唱える神聖な音。オンムは精神の中心に、アーは喉、あるいは声の中心に、フームは心臓と肉体に層している。密教でいう、仏の身・口(ク)(言葉)・意(心)の三密にあたる。

射撃訓練

ウイル・ピーターセン(1928 - 94)＝一九五六年にスナイダーの数カ月後、バークレーから京都にやってきた詩人。長年にわたり京都に滞在し能の研究をした。ケルアックの *The Dharma Bums* のロル・スタールスンは彼がモデル。

アナサジ

アナサジ＝米国南西部の高原地帝に一〇〇〇─一三〇〇年ごろ住んでいたインディアンの部族。かご細工文化を持ち、半地下式縦穴に居住した。

路傍の死者

赤尾ノスリ＝ワシタカの仲間の鳥。

リングテイル＝コアラと近縁の砂漠に住む動物。

マンザニタ

マンザニタ＝ツツジ科の灌木。スペイン語で「小さなリンゴ」の意。

ほんとの仕事

アルカトラズ島＝米国カリフォルニア州の小島。連邦刑務所があったが、廃止後、インディアンの若者たちに一時占領された。

二人の神様

カイ、ゲン＝いずれもスナイダーの息子の名。

ベッドロック

ベッドロック＝地質学の用語で基盤岩のこと。

マサ＝スナイダーの夫人の名。カイ、ゲンの母。

ルーへ／ルーから

ルー・ウェルチ(1926 - 71?)＝スナイダーのリード・カレッジ時代からの友人の詩人。七一年の五月二十三日、書き置きを残し、挙銃を持って森の中に消えたまま、まだ帰ってこない。代表作に*Ring of Bone:Collected Poems* (Grey Fox,1979) がある。スナイダーの禅堂の名前「骨輪禅堂」は彼の詩"I saw myself"の一節"a ring of bone"からとったもの。

斧の柄

エズラ・パウンド(1885 - 1972)＝日本の俳句や中国詩を紹介した、二十世紀のアメリカを代表する詩人。

陸機(261-303)＝中国の文人。

世驤陳＝カルフォルニア州立大学バークレー校の中国文学教授。陳教授による陸機「文賦」の英訳は、Cyril Birch(ed.),*Anthology of Chinese Literature* (Penguin,1967) にある。

キョウコク・ミソサザイ

「回視すれば……」＝中国、北宋の詩人文学者、蘇軾 (1036 - 1101) の「百歩洪」という詩の一節。道元の『正法眼蔵』の中の一巻、「山水経」参照。これについてはスナイダー自身のエッセイが『野性の実践』にある。

P・ウエーレンの閑職

P〈フィリップ〉・ウエーレン(一九二三年生まれ)＝リード・カレッジ以来のスナイダーの友人。詩人で禅僧。代表作に詩集*Heavy Breathing*（Four Seasons,1983）がある。九一年よりサンフランシスコのハートフォード・ストリート・禅センター（一山寺）の住職。修行に専念しているためか最近はあまり詩を書いていない。僧名は、禅心龍風。

グイオン＝ケルトのロマンスに出てくる英雄。詳しくはロバート・グレーブスの『白い女神』を参照。

羽衣

中村八重子＝スナイダーが京都にいたとき、彼の上の階に住んでいた年配の謡の先生。彼女の謡をよく聞いたという。

柿

「柿」は、スナイダーが中国作家組合の招きにより、トニー・モリスン、ハリスン・ソルズベリー、マクシン・ホン・キングストン、アレン・ギンズバーグ、フランシーン・デュ・プレシー・グレイ、レスリー・マーモン・シルコーたちと中国を訪れたときに書かれた。

牧谿（もっけい）＝中国、宋末・元初の画僧。生没年未詳。法名は法常、牧谿は号。日本へは早くから伝わり、柿を画題にした水墨画の傑作（国宝）がある。（大徳寺龍光院所有）。

峠のわが家

峠のわが家＝「バッファロー（バイソン）が歩き回る、そんなところにわが家がほしい／峠のわが家／シカやカモシカがあそび／失意の言葉はついぞ聞かれず／太陽がいつも輝くそんなところに」といった、アメリカ西部の生活を無邪気に讃美したトラディショナル・ソング。"Home on the Range" が原題。この歌の西部のイメージと現実のギャップが面白い。

道をそれて

キャロル＝キャロル・コウダ。日系アメリカ人でスナイダーの妻。二〇〇六年歿。

マッタケ＝マッ……でなくマッ……と詰るのは関西訛り。

老子＝老子の著書と伝えられる道家の経典。二巻、八一章。現象界を相対化してとらえ、現象の背後にある絶対的本体を道とし、それから付与される本性を徳とし、無為自然の道、およびそれに即した処世訓や政治論を説く。道徳経。老子道徳経。

水面のさざ波

自然は無性＝「序」にある白隠禅師の言葉。前注（白隠禅師）を見よ。

あとがき

金関寿夫

この訳詩集の出版には、あるセンチメンタルな事情が隠されている。

ゲーリー・スナイダーは、今や高名なアメリカの詩人だが、私的には、四十年来の私の親しい友人でもある。私たちが初めて出会ったのは、一九五六年、詩人としては彼がまだ無名で、京都の相国寺で、日本人の雲水に混って禅の修行を始めたばかりの頃だった。以後スナイダーのほうは詩人、そしてエコロジスト、私のほうははなはだ中途半端なアカデミシャンの道をそれぞれ進んだけれど、その間私たちの友情は途絶えることがなかった。少なくとも私はそう思っている。

というわけで、私には、もしも日本で彼のまとまった訳詩集が出るとすれば、その本の訳者はこの私でなければならないという、まことに不遜な思い入れがあったのだ。したがって私としては、その訳詩集がやっとこさ今度（四十年後！）陽の目を見ることができたのは、この上ない悦びというほかはない。

そんなことよりも、スナイダーは今やグローバルなスケールにおいて、最も説得力のある環境詩人として、その重要性を増して来ている。彼の日本語詩集が、ナナオ・サカキ氏の、『亀の島』(原作*Turtle Island*一九七四年度ピュリッツァー賞)だけとは、ちょっと淋しいのである。

幸いにして日頃から、環境詩人としてのスナイダーの思想に共鳴しておられた作家の加藤幸子氏が、おもに『亀の島』から選んだ十八篇の訳詩でもって、私の詩集に合乗りしてくださるという。私としては、もちろん異存のあろうはずはない。したがってこの詩集は、加藤幸子氏と私との共訳ということになった。

この本が出来るまでには、沢山の方々の助力を得ている。いちいちここにあげる余裕がないので一部は省略するが、まず第一番にゲーリー・スナイダー。彼には翻訳の許可をはじめこの詩集製作に関するすべての点で計り知れない協力を得ている。そしてやはりスナイダーと個人的に親しく、この詩人の思想の推移を大変的確に把握しておられたアメリカ文学者(琉球大)の山里勝己氏に、まことに適切な「解説」を頂いた。しかも山里氏に「解説」を、という案は、元来スナイダー自身から出たものでもあったのだ。まずその願いを快く引き受け、すばらしい文章を寄せてくださった山里氏に感謝したい。それだけではない。山里氏は私の(加藤氏のは別)訳文、訳語についても目を通して、少なからずの適切な忠告をくださった。この場所を借りてお礼を申し上げたい。また英語の疑問点についていろいろ私の蒙を拓いてくださったのは、作家のロージャー・パルヴァース氏だ。それに城西国際大学のジャレッド・ルバスキー教授。氏にもずいぶん借りができてしまった。

獨協大学の原成吉教授にも、大変お世話になった。初校が出たと同じ位の時期に、私は面倒な病を得て、急に都内の病院に長期入院という羽目になったが、その私に代わって、注釈、校正など、こまごましい仕事一切を引き受けてくださった。どうもありがとう。その他やはりこまかい仕事で私のやり残した分を補ってくださったのは、白百合女子大学の栩木伸明教授。忘れずにお礼を言っておきたい。

そしてこの長引いた本造りの間、まことに辛抱強く私たちに付き合ってくださった思潮社編集部の小田康之氏にもお礼を申し上げる。それから忘れてはいけない人がもう一人。今は他所に変わっているが、一昨年まで思潮社にいて、スナイダー詩集の船出の際、最初の一漕ぎをしるしてくださった元編集部の井口かおり氏にも深くお礼を申し上げたい。

（一九九六年）

『亀の島』と私

加藤幸子

一九七〇年代は私個人にとって画期的な時期であった。子供のころから生き物に親しみ、暇さえあれば山野や水辺を歩きまわっていたものの、政治や市民運動には関心が薄く、どちらかというとひっそりと動植物とつきあうのが好きだった。でもふいにすべてが様変わりしていることに気づいた。それまでは町のどこでも会うことができた、昆虫や鳥や小動物たちの姿が見えない！　豊かな生息地であったはずの森や水辺に行ってみると、そこは無惨に伐られ、崩され、埋め立てられていた。まず胸がキュンと締めつけられ、やがて怒りがわいてきた。

もと勤めていた日本自然保護協会や日本野鳥の会、WWFJなどの自然保護団体に参加したのはそのころのことである。住んでいた町で自然観察会を始め、多数の渡り鳥が飛来していた東京湾の埋立地に野鳥公園を造る運動を仲間の人たちと続けた。

ゲーリー・スナイダーの『亀の島』が一九七五年のピュリッツァー賞に決まったという記事を新聞で読んだとき、私はアメリカ社会の認識がそこまで来ていることをつくづくうらやましいと思った。彼の名は生態学や環境問題に密接に関わっている詩人として、当時自然保護に関心のあった若者たちのシンボル的存在であったから。すでに三十代ではあったけれど、相も変わらず自然に魅せられていた私も、もちろん例外ではなかった。

実際に『亀の島』の原文に触れたのは、それから数年後だった。動植物にちりばめられた神話的宇宙観と、見えないものを感知する禅的感覚、そして科学に裏づけられた文明批判が渾然一体となった独特の詩世界に、強く心を動かされた。小説家である私は、〝遊び〟に近いつもりで『ラ・メール』という詩誌にその幾篇かを訳して紹介し、そのご縁で思いもかけず今回アンソロジーの訳の一部を担当することになった。

初め金関寿夫先生からお声を掛けられたとき、根が楽天家の私は軽い気持でお引き受けしたのだが、いざ遊びではなく真剣勝負としてゲーリー・スナイダーの詩に向きあったときその難解さに危く両手をあげそうになった。それに加えて我身の語学力の貧しさがつくづくと分かり、先生に必要以上のご迷惑をかけてしまった。

でも『亀の島』以後の新しい作品を読む機会が与えられたこと、創作とは異なるジャンルで仕事をしたことは、私にとって新鮮でたのしい経験であった。金関先生と思潮社の小田康之氏に感謝しています。

また友人のメリールイズ・田丸さんがいられなかったら、私の分の訳業は成りたたなかっただろう。信州の森の仕事場で頭をひねっていた私に、さらりと一行を読みといて下さったのは風の詩人のナナオ・サカキ氏であった。お二人にも感謝いたします。

ゲーリーの詩が新しい世紀の日本の明るい一灯となることを願って——。

（一九九六年）

略歴

ゲーリー・スナイダー Gary Snyder

一九三〇年、サンフランシスコ生まれ。五〇年代中頃、アレン・ギンズバーグ、ジャック・ケルアックらビート世代に大きな影響を与える。五六年から六八年まで日本に滞在し、禅の修行と研究を行なう。六九年に「亀の島」にもどり、七〇年からシエラネヴァダ山脈北部で暮らし始める。文筆活動、ポエトリー・リーディング、禅仏教の実践と研究、環境保護活動、カリフォルニア大学デイヴィス校教授（現在は名誉教授）など多彩な活動を展開。「ガイアのうた」を書きつづけるディープ・エコロジストの詩人。ピューリッツァー賞、ボリンゲン賞、日本の仏教伝道文化賞、正岡子規国際俳句大賞などを受賞。邦訳に詩集『リップラップと寒山詩』『絶頂の危うさ』『終わりなき山河』、エッセイ集『新版野性の実践』などがある。

＊

金関寿夫　かなせき・ひさお

一九一八年島根県松江市生まれ。東京都立大学名誉教授。九六年歿。著書に『現代芸術のエポック・エロイク』（読売文学賞）、『魔法としての言葉』、『雌牛の幽霊』、『アメリカ現代詩を読む』など。訳書にガートルード・スタイン『アリス・B・トクラスの自伝』、『ロバート・ブライ詩集』（谷川俊太郎と共訳）など多数。

加藤幸子　かとう・ゆきこ

一九三六年北海道札幌市生まれ。八二年「野餓鬼のいた村」で新潮新人賞、八三年「夢の壁」で芥川賞、九一年『尾崎翠の感覚世界』で芸術選奨文部大臣賞、二〇〇二年『長江』で毎日芸術賞を受賞。著書に『北京海棠の街』『苺畑よ永遠に』『池辺の棲家』『家のロマンス』『蜜蜂の家』など多数。日本野鳥の会理事。

『スナイダー詩集　ノー・ネイチャー』（1996年・思潮社刊）を底本としました。

ノー・ネイチャー　ゲーリー・スナイダー・コレクション3

著者
ゲーリー・スナイダー
訳者
金関寿夫・加藤幸子
発行者
小田久郎
発行所
株式会社思潮社
〒一六二—〇八四二　東京都新宿区市谷砂土原町三—十五
電話〇三（三二六七）八一五三（営業）・八一四一（編集）
ＦＡＸ〇三（三二六七）八一四二
印刷
三報社印刷株式会社
製本所
株式会社川島製本所
発行日
二〇一一年十月二十九日